我在余干等你

WoZai YuGan DengNi

彭生茂 著

经济日报出版社

图书在版编目（CIP）数据

我在余干等你 / 彭生茂著 . -- 北京：经济日报出版社，2017. 1

ISBN 978-7-5196-0052-5

Ⅰ . ①我… Ⅱ . ①彭… Ⅲ . ①散文集－中国－当代 Ⅳ . ① I267

中国版本图书馆 CIP 数据核字（2016）第 294285 号

我在余干等你

作　　者	彭生茂
责任编辑	胡劲华
责任校对	甘淑萍
出版发行	经济日报出版社
地　　址	北京市西城区白纸坊东街 2 号（邮政编码：100054）
电　　话	010-63567687（编辑部）63567692（发行部）
网　　址	www.edpbook.com.cn
E - mail	edpbook@126.com
经　　销	全国新华书店
印　　刷	北京鑫瑞兴印刷有限公司
开　　本	880×1230 毫米　32 开
印　　张	5.75
字　　数	150 千字
版　　次	2017 年 1 月第 1 版
印　　次	2017 年 1 月第 1 次印刷
书　　号	ISBN 978-7-5196-0052-5
定　　价	30.00 元

雏鹅浮起在『故乡的老河湾』
一群雏鹅蓄势待飞
小天鹅历险风雨
小天鹅引吭高歌

序　言

余中飞出了一只小天鹅

巍巍东山岭下，淼淼琵琶湖畔，一颗璀璨的文化明珠——余干中学镶嵌于此。20 世纪 80 年代末 90 年代初在此活跃着一群爱好文学的青年——彭生茂、叶梦阳、张亦梅、袁晓默、李子夜、齐抢先……我把他（她）们看作是一群美丽的小天鹅。时间已经过去了 20 多年了，但那群美丽的小天鹅却时时飞翔在我脑海的天空里。彭生茂同学就是有幸从这群小天鹅中飞出来的一只。

雏鹅浮起在“故乡的老河湾”

送走 1988 届高中毕业生后，我担任了“新高一”两个班的语文课。记得上完第一个单元（散文单元）后，按常规该是作文的时候了。我出于考查学生作文基础和学以致用能力两个方面的考虑，只是要求同学在两节课内写一篇散文，题目自拟，内容自定，因而没有做什么课内作文指导。也许是因为这是入校后的第一篇作文，同学们都非常重视，把它看作是对老师的见面礼，所以大多数同学都写得很认真，也能按时完成作业。一天晚上，我批改高一5班学生作文，时间一分分过去，作文一本本批阅……当我批改到《故乡的老河湾》时，不禁为小作者的精巧构思，流利文笔所打动，不觉拍案叫好。这时我不自觉地翻到作文封皮，只见在“姓名”栏里端端正正地写着：彭生茂。之后，我一连读了三遍，不胜喜悦。喜悦之情驱使着我连忙拿着这本作文簿跑到住在楼上的章新和老师那里请他评判。章新和老师看后也深表赞叹：高一的学生能写出这样的文章，真不简单。

第二天上午第一节课是我的语文课，我早早地来到高一5班教室门口。“哪位是彭生茂同学？”我问。只见一个穿着简朴、个儿不高的同学从座位上站起来，“我就是”，他简洁地答道。我朝他做了一个手势将他叫了出来。我们一起来到教室门外，我从备课夹里拿出了他的作文簿，“这《故乡的老河湾》是你写的吗？”我带着疑虑的口气问道。彭生茂：“是，是我课内写的。”我见他说得那么坚定，于是，我心存的疑虑顿消。随后，我鼓励了他几句，时间也不容我多说，快上课了。

当日夜里，彭生茂不请自来敲开了我的家门。这是他第一次来我家。我以茶水接待了他。我们面对面地坐下，无拘无束地聊了很长时间，聊了他不凡的过去和苦难的身世。他告诉我：他初中时就参加了著名儿童作家——杨臻创办的《中国少年之星》函授学习班，并在《小天鹅》刊物上发表过他的习作《姐姐》、《学费》等。听到这里我插话：“既然你有这么个基础，日后不妨将《故乡的老河湾》寄出去，看看能否发表。”我从他的谈话里，我知道他只有寡居的母亲，一个姐姐还有一个弟弟。他弟弟出生之时正是他父亲殡葬之日。当时，我心里痛痛的，酸酸的，难受极了。我安慰并鼓励他说：“一个人的命运是可以改变的，只要你肯付出自己的艰辛。”不知老天爷为何作如此的安排，让一个苦命的学生碰上了一个同样苦命的老师，我也讲述了自己类似于他的身世。在这里，我还想插一句。1989年下半年，我求得了一个到高一年级当班主任的机会。因此没有再任彭生茂的语文课了。但他依旧不断地送来稿件要我看、修改。我担心弄不好会影响同志关系，因此，我建议他今日可送到任他课的老师那修改。他说：“我觉得到你这里来随便。”我觉得这也许是我们有着同样命运之故所致吧。

彭生茂按照我的意思将《故乡的老河湾》寄了出去，并发表在1990年4月的《中学生阅读》杂志上。同年9月底，我给此文加了简短的编者按并全文刊登在由余中工会主办的“国庆”特刊上。《故乡的老河湾》的发表与刊出，在余干中学师生中引起了一定的反响，也大大地增添彭生茂本人的创作激情。

一群雏鹅蓄势待飞

《故乡的老河湾》像一泓清泉一经流出，顷刻滋润了河湾岸边旱枯的小草，青青的小草引来了一群饥饿的雏鹅。在彭生茂的带动和推荐下，余干中学一群爱好文学的青年很快成了《中国少年之星》函授班的学员。陈国文、张扬胜老师和我也被《中国少年之星》的主办者杨臻老师聘为该函授班指导教师，并向我们颁发了工作证。我们名义上是指导教师，但实际上并没有搞过大型的、有组织的、有计划的集体活动，更多的是采取分散的、零碎的、个别的方式来开展活动的。

同我联系得最多的要数彭生茂。他在校期间写的文章，我大凡都看过。记得他在一篇文章中写蜜蜂采杜鹃花一事时，我同他交换看法：据我所知“花香则露蜜，有蜜则蜂蝶至；花不香则无蜜，无蜜则蜂蝶不往。杜鹃色艳不香，恐蜂蝶不近。”当时，彭生茂痴痴地望着我不作声。我后来又就此请教于生物老师——郑士木老师，郑老师笑笑说：“艳花不香，香花不艳。”我曾多次对彭生茂说道：“作文就如做人，要实事求是，不可胡编妄为，要多留心生活，观察社会，社会生活才是创作的源泉。”1990年10月，彭生茂创作的散文《绿色的太阳》曾获全国中学生“文心杯”（高中组）作文大赛三等奖。我作为指导教师同时也获得了指导教师奖。其间，彭生茂曾想在余中成立一个文学社团，准备创办《东山》刊物，由于受当时政治风波的影响，学校领导未能同意他的想法，因此而搁浅。

其次是叶梦阳。她拿过一个电视剧本给我看。因为我不懂所以无发言权，她曾发表散文《夕阳也无语》。

说到她，我又想起了一件事。有一天晚自习前，她急匆匆地跑到我家来要求我陪她去文化局张局长家联系什么事。我说：“我不认识张局长，也不知他家住何处。”她说：“我认识，只要你跟我去就是了。”我这个人最怕学生求我帮忙，只好跟她去了西街。到了西街，我才知道她也不认识张局长家，一连问了好几家才算找到了。我因为不认识张局长，所以没有说什么。我静静地听她说。我听了才明白，她也想筹资出书。张局长说："要人作保，签字。"她说："李老师在。"我一听，心里一愣说："这个，我恐怕不够格吧，还是请学校领导才好。张局长你说是吗？"叶梦阳的要求被我婉拒了。不过，我觉得她是个讲师生情的人，别后多年，我曾先后两次收到她的信件和照片。

还有李子夜，她写了《沸腾的青春》（草稿）给我看，因是草稿，字很潦草，也免不了涂涂改改，再加之我视力不济，看了整整一下午也没看完。后来我干脆让她念给我听。我觉得她很有点才气，文章满有哲理。

另有张亦梅、袁晓默。她俩读高一时都是我班的学生，她俩的文章写得如同自己的模样一般秀美。记得高一作文竞赛时，全年级只取六名，我班有四名同学榜上有名，其中就有她们的姓名。高二文理分科时，她俩都去文科班了。张亦梅在陈国文老师的悉心指导下创作了散文集《远航》。陈老师还为此书写了序，序写得很美，颇有大家的韵味，出版社也打印出了该书的样稿。后不知何因，出版未果。惜哉！袁晓默，我初次见到她的名字写作"袁小茉"，我一见到她名字时，我心里猜想她一定是父母最小的孩子。后来我曾问起过她，她的回答证实了我的猜想是对的。文理分科时，她去了另一个文科班，张扬胜老师任教她的语文课。她创作的《请你跟我来》获得 1991 年江西省教委举办的以爱我江西为主题的《赣水魂》征文比赛第二名。

……

在这群雏鹅中成长最快的该数彭生茂同学。1990年年底，他告诉我一个消息：杨臻老师催促他在一个月里整理好他自己的作品准备结集出版，以资保送吉林大学之需。另外，他问我能否为他的集子写一篇诸如序言一类的文字。当时，我感到有点为难，一是因为他的书稿尚未准备就绪，没有看他的全部稿件；二是我从未写过什么序；三是我为无名小辈，难当此任。“老师，随便写几句话吧。”他说。还是他的话启发了我，于是就答应了他。我问：“出版费用怎么解决？”他回答说：“先由学校代垫，待书出后由卖书所得款还给学校……”第二天，我把写好的《老师的话》交给了他。1991年2月彭生茂的《姐姐》由哈尔滨出版社出版，随后运抵余干中学。《老师的话》居然作为《姐姐》一书的代序印了出来。

在《姐姐》一书运来之前，彭生茂又找到我，问我能不能做《姐姐》一书的发行人。我一听感到很惊讶，直直地瞪着他。“发行人可以得到2千元的发行费。”他补充说。我不知道他是幼稚还是什么原因，竟说出了这等话。我一时控制不住自己的感情：“生茂，如果让我做你书的发行人的话，我敢说，你的书一本也卖不出去！到时，你拿什么来还债？”待我平静了一下之后又说：“生茂，还是让我给你出个主意吧，舒书记、刘校长是最合适的人选。全县这么多中小学生，只要他们出面，书自然卖得出去。”他请我当发行人一事，就这样被我挡了回去。事后究竟谁当了发行人，我就不得而知了。

《姐姐》一书在县宣传部、县教育局和学校领导的关怀和支持下发行工作基本顺利。那时的在校中小学师生差不多人手一册，一万本书没剩几本。《姐姐》一书的出版，对彭生茂是件好事，他几乎一夜成名，妇孺皆知。

总之，《姐姐》一书的问世，为他保送上大学提供了必备的条件，为这只小天鹅蓄势待飞奠定了坚实的基础。

小天鹅历险风雨

1991 年 4 月底，南方本多雨，而此时却晴朗。吉林大学高招办林老师（30 岁左右）、中文系的张教授（50 岁开外）突然来到余干中学要对彭生茂进行面试，而此时的彭生茂却应邀赴洛阳参加中学生大型笔会去了。因此，吉林大学来的两位同志未能见着彭生茂。在这种情况下，学校刘校长、汤主任只好把彭生茂的班主任胡名驹及几位函授老师请来，向吉大的领导和老师介绍彭生茂在校的表现及学习情况。不知哪位还找来了彭生茂平时写作用过的一大捆草稿让他们看。另外，吉大的老师还指明要了解彭生茂的数学成绩，胡老师七找八寻弄到了一张平时测验成绩单。吉大的老师看到在“彭生茂”一栏里写着“68 分”时，很高兴地说：“68 分很不错的。”吉大的老师在校住了两个晚上，第三天准备去武汉了解另一位保送生的情况。他们临行前再三叮嘱我们：“5 月 1 日前，彭生茂如果回来了，千万让他到武汉去找我们。”并留下了字条。

5 月 1 日学校放了几天假，我回到了乡下老家小住了几天。返校后，我碰上了高副校长，第一句话就问：“彭生茂去武汉了吗？”高校长告诉我：“5 月 1 日上午彭生茂回来了，学校借给他两百元，下午去武汉。听说他现在从武汉回来了。”我听后，心踏实了一半，还悬着一半——面试结果如何呢？

日后不久，我的门“笃、笃”响了两下，我猜定是彭生茂来了，小鹏忙开门，果然不出所料。彭生茂笑嘻嘻叫声“老师”。我从他的笑容里似乎看出了他面试的结果——一切顺利。

我们像往日一样对面而坐，听他讲述面试情形：5 月 1 日上午，我从洛阳返回了学校，学校领导立即通知我去武汉面试。我从学校借好钱，接过林、张老师留下的字条，带上英语课本，先搭车到南昌，然后乘火车直奔武汉，2 日中午前才找到了林、张老师下榻的饭店。张老师很客气地请我同他一起用过中餐，午休后，面试开始。只见张老师拿来四页稿纸摆在我面前，要我在两小时写出一篇文章，没规定题目。开始我的心跳得厉害，后来渐渐地平静下来了。拿起笔往下写……两个小时到了，我的文章正好写到第四页稿纸最后一行处结尾了。我双手把文章呈送到张老师手中，深深地呼了口气。

休息片刻之后，接下来是英语口试。张老师很随和，没有用英语给我提问，只是要我朗读两篇课文给他听，也没有指定我读什么内容，全让我自选。我选择了在车途中早已准备好的课文朗读给他听，他似乎听得很入神，我也自觉朗读得较为流利。

听到这里，我问：“林老师在不在？”彭生茂说：“林老师是湖北人，我面试的那天他不在，到老家探望父母去了。”

“面试完后，张老师对你说了些什么？”我问。“张老师说：‘你的作文，我们带回学校去研究，录不录取，5 月

20号左右就会定下来，到时你可以到自己的学校等待消息。’”彭生茂介绍说。

我疑心张老师未必懂英语，暗自为彭生茂祝福：吉人自有天相。

从面试到发消息期间有20多天日子，我不知道彭生茂是怀着一种什么心情度过的，而我却是在充满希望和惶惑中度过的。时间一天天过去，希望的分量却在天天增重。5月下旬的一个上午，余中校园的空气沸腾了，蝉儿唱得更欢了，树枝也婆娑地舞起来了，彭生茂录取吉林大学中文系的通知书来了。这是余干中学到来的第一份大学录取通知书。善良的人们打心眼里为他祝福。因为这个不仅仅是彭生茂个人的成功，同样也是余干中学全体师生的光荣，乃至是全余干人民的骄傲。彭生茂开创了余干中学有史以来免试保送进入重点大学的先河。记得那天学校打了挂长爆竹，他的事迹再次在全校引起轰动。

“天有不测风云，人有旦夕祸福”，此言不假。正当彭生茂录取吉林大学的消息像风一样传开的时候，8月22日，吉林大学高招办寄来一份状告彭生茂的函件。这一消息像一颗重型炸弹轰动了整个余中校园，震裂每个善良人的心。这时，人们又重新关注彭生茂的命运：“录取通知书会不会撤销？”也有人在窃窃私语猜测着告状者姓名。我在校办公大楼教导处亲眼看见了那份“状”，那“状”并非原件而是复印件，告状者未用自己的真实姓名，写的是“余中一师”的化名，加于彭的“罪名”共有六条。见后，我眼睛模糊了，不忍再看，没有作声愤然走了出来，但心里蹦出四个字：“陷害、卑劣”。此后，我才算理解了“人心惟危”的真正含义。

以舒仕高、刘迁京同志为首的学校党总支当机立断召开了总支大会研究对策，并授权总支委员、教导处主任汤成义同志代拟复函。汤对加于彭生茂的所谓“六罪”一一进行了驳斥。自此，由“状”引起的轩然大波才趋于平息。

大学新生入学的日子越来越近。8月底的一天，彭生茂又一次来到我家。我问：“几号去报到？”“想早几天去，报到之前还想先去拜望一下杨臻老师。杨老师希望老师在我上学之前写点什么给他。”彭生茂这样对我说。我觉得人生短暂，能为了共同的爱好而让我们联系在一起也是一种缘分，值得珍惜。另外，我想作为彭生茂的一日师长，当他远离故乡北上深造的时刻该赠他点什么才是。基于此，我答应为他写一篇文章。当夜，我草成了《写在彭生茂上大学前夕》一文。因为夜很深，文章还来不及修改和誊写。第二天一早彭生茂就来向我索稿，我只好将草稿给了他，并嘱托他代我修改和誊写。后来，我的那篇东西大抵刊登在《小天鹅》上，我这么说，是因为我后来收到了好几位外省同彭生茂一样爱好文学的中学生的来信，他们有一个共同的要求是想从我这里了解彭生茂是如何免试保送上大学的。我不敢辜负他们的期待，虽回答不了“如何”，但对他们的爱好作了肯定，同时又劝告他们不要企求人人都走彭生茂的路，能选中的只是极少数，可谓凤毛麟角，还是以学业为重的实在。

彭生茂像一只刚刚试飞的小天鹅几经风雨、几度坎坷，带着自己的希望，同学、师长、亲友们的祝福，第一次飞离了养育他的故土，飞离了培育他的校园，开始了人生新的征程，跨入了他梦寐以求的吉林大学中文系。

小天鹅引吭高歌

彭生茂上了吉林大学中文系后，我只见过他一面，那是他上大一寒假回来过春节的时候。新年初的一天晚上，有人来敲门，我拽开门一看，原来是生茂，看上去神秘兮兮的样子，身上穿得很单薄，腋下还夹了一包白糖。“老师好，好久不见。”他没有多说什么。“怎么不来吃晚饭？在校也穿这点衣服？”我一连问了他两问。他说：“不好意思，在同学那里吃过了。北方外冷内暖，室内都有暖气，不冷。”他这样回答我。……我了解了他在校的学习、生活情况后说：“你学中文专业不如学新闻专业好，写作是你的强项。”他大约坐了个把钟头就走了，直到现在我没有见着他了。

在他上大学的几年间曾给我写过好多信，但遗憾的是这些信件都散失了。他的第一封信是他入学不久写来的，主要是介绍了一下吉林大学的基本概况及所学专业。我在回信中叮嘱他写封信给余中领导，好好感谢他们。后来，据我所知，他好像没有给学校领导写过信。我不知是出于什么原因，真想责备他一句：感情吝啬！

1992年上半年，他又一次给我来信，信中夹寄了他的诗作《三月的新娘》。此诗发表在1992年2月长春市《青年月刊》上，我想，这是他在上大学后第一次发表的诗作。《三月的新娘》的样稿，是我在写这篇文章时从旧笔记本中找到的，诗共五节，现不妨抄录在下，也算是一个纪念：

三月的新娘

阳光羞涩地走进山村
冰释的语言流动起来
蓄山羊胡的私塾先生
用写对联的红纸
以一种请帖的形式折叠世袭风俗
让苏醒的喜鹊衔往山外

庄里的杏树在三月展枝
着花衣裳的女孩子
沿着农历的方向
积蓄浆汁，渐渐饱满
在离枝远嫁的一瞬间
楚楚动人
许多年向往的羞涩
今天少女很想拒绝
三月的气氛
让她感到许许多多的痛苦

三月
少女成为新娘
少女成为一只候鸟
飞向远离故巢的林子
生养繁息

三月

滋长许多心事

花轿里的新娘

用一生最动情和真切的哭声

回荡山道

让伫立门前的爹娘

品出满怀离情

几年的大学生活转眼就该结束了，然而，彭生茂没有给我来信，我真为他的前途有点担忧。后来，我从他的同乡黄浩淮同志那里知道他分在北京，在铁道部下属的机械厂做秘书工作，我的担心也就随之冰释了。

1996 年 8 月的某一天，我突然收到寄自“北京电视台”的信件。我一时感到有点意外和惊异：“‘北京电视台’有谁会给我来信？”但当我的视线触到“江西省余干中学”和“李乃凑老师收”那熟悉的字迹时，心里已明白了八、九分了：“准是彭生茂写来的。”此时，我又心想：“他怎么又到北京电视台去了呢？”我赶紧拆信一看，才知道他是经北京电视台考试录用于此的。

彭生茂到北京电视台工作后，着手将自己在大学期间和参加工作不久发表及新创作的作品结集出版。他出了两本书，一本是《彭生茂作品选》，另一本是叫《蝙蝠》的中短篇小说集。我知道他把这两本书分别给了胡名驹、李家驹、汤成义和我。但寄给我的那两本不知谁借去了，丢失了，甚为可惜。

书中还夹寄了封信给我，他意思是想我在余干帮他推销一些书。我把他意思转告给陈国文同志，他是个热心人，同意帮他做点工作。我们分别在所任教的班作过宣传，并打印了些广告张贴于县城大街上，但结果是有付出而没有收获，销书一事也就不了了之了。我感到遗憾的是：我们余干中学偌大的图书馆却没有收藏曾是余中学生创作的那两本书。从他来信中我知道他是北京电视台新闻部记者，同时还是北京作家协会会员。

我近日得知：彭生茂现已在北京购置了一套宽敞的住房，建立了幸福的小家庭。

当我在书写往事的时候，彭生茂也许正在广袤的田野里采拾希望，在青山翠岭上采摘硕果，在千村万户中采拍笑容……像一只小天鹅引吭高歌，唱响时代的主旋律。

李乃凑

2003 年 4 月写于余干中学校史办

2016 年 10 月改定

（本文作者系余干中学1964届高三(2)学生，现为退休教师）

目录

序　言

第一辑　情感篇

第二辑　人物篇

第三辑　景物篇

后　记

第一辑

情感篇

在我的另一头——是的，那个逐渐熟络起来的安徽女孩就在枕边均匀地呼吸，她并没有睡着，整个人镇静得让人吃惊，以至于让我感觉是在梦境。我分明是梦中的一只蜻蜓，正在振翅寻找出路和适合自己的语境。

……

不了，徐说，我不耽误你的学习。她最终绝尘在深秋的光影里，甚至没来得及留下通讯地址。她同时带走的还有一股樟木的清香。

然而我一直未曾写到她。梦中的女孩儿像风一样划过我的指尖，在秋天缤纷的意象里渐行渐远……

我在余干等你

她应该就叫徐来凤。她被同学王弘领来我的出租屋的时候，我正在20世纪90年代的黄昏洗一件褂子。是的，我确定是在洗衣裳，我双手沾满肥皂泡的时候，同学王弘从班上给我领来一个安徽姑娘。王弘说，她叫徐来凤，今年18岁。我不知道安徽姑娘找我的用意，问王弘，王弘笑而不语，没多久她便走了。留下我这个懵懂的高中生独自面对这种窘迫的处境。

徐来凤抢过我的褂子就帮我洗了起来，她娴熟的动作令我惊讶，她的勇气似乎也是上天赐予的，面对一个陌生青年，她竟面不改色心不跳地应付自如。她边洗边对我说，她在最近几期的《青少年日记》上读到我的文章，尤其在读到《逃学》之后，她想她无论如何都要来江西见见我这个人。

徐来凤没有评判我的长相和显而易见的家境，她的话题实际上是从余干汽车站开始的。她告诉我给我带来一个时间过得飞快，二十年来我始终在写着她，我甚至设想过她出现在我面前的情景。她的发梢沾满樟木和阳光的清香，以最具体的形象还原我内心的记忆和想象。比如我也曾设想她会避开秋天的嘈杂，在春暖花开的某个时辰远道而来，与我促膝交谈。追忆逝水流年。

书柜，明天就可以去车站领回来。她的安排是如此秘而不宣和疏而不漏，像一个惯于走村串巷的裁缝让人感怀。洗完衣裳之后她在我的出租屋巡视了一番，当发现一个扁平陈旧的书箱时轻叹了口气，认为给我带书柜是对的。她的柜子显然要好过我的箱子，从她的神色中我读出了这个不经意的信息反馈。

吃饭的时候我从房东家借了一只大碗，准备给徐来凤打饭。饭就在学校的围墙外面买，那里聚集了周边农村数十个卖饭妇女，两个箩筐中间搁块木板，饭菜就放在木板上卖。她们的吆喝惯于渲染，死猪仔肉也被她们描绘成好菜。每天浸染在这种嘈杂的市井之中，不习惯是说不过去的。最终我给徐来凤买了一条鱼，自己也吃了一条。我感觉我的行为像猫一样暧昧而贪婪。一顿饭吃得囫囵吞枣，似乎并未品味出一顿晚餐的真正滋味。我每周难得吃一回鱼，今天算破了例。

悄然来临的夜晚让我心生慌乱。我没有钱，不可能请徐来凤住旅店，也没有请她住店的意识。吃完饭我们一直聊，聊得差不多了，该睡觉了，才发觉问题来了。一张床怎么睡？男女授受不亲，这在20世纪90年代是如此突兀而冷峻，容不得有非分之想。况且我一个优等生——暂且这么界定吧——怎能跟一个陌生女子同床共枕。我有意出门找同学借宿，但很快被徐来凤喊住了，她说有床为何要到别处去住。她的豁达令人咋舌，显然让我手足无措。想想同学也没有多余的床给我住，还不如就在自己的出租屋对付一夜。

我莫名地躺到了床上。起先是和衣躺下的，但很快就感觉到身体的燥热，最终不得不脱去一些明显的累赘。在我的另一头——是的，那个逐渐熟络起来的安徽女孩就在枕边均匀地呼吸，她并没有睡着，整个人镇静得让人吃惊，以至于让我感觉是在梦境，我分明是梦中的一只蜻蜓，正在振翅寻找出路和适合自己的语境。你睡过来，她在叫我，你躺那么远还怎么说话。她吐气如兰，言语中透出款款深情，让人无法回绝。18岁，一个如莲藕般纯净的处子刚刚从污泥中探出头来，惺忪的睡眼尚未来得及接纳整个世界。

一夜什么也没发生。我敢确定是在文学的氛围中进入梦乡的。虽然其间夹杂些家长里短，但总体是满怀着理想主义豪情。

第二天上午徐来凤带我到汽车站领书柜。我们在一个壮实的行李员的指引下顺利领到了寄自安徽的柜子。它是那么精巧，浑身散发着一股樟木的清香。它身上的年轮清晰醒目，一圈一圈像古玛雅人的符号。当它由若干木块拼接成一个棱角分明的书柜时，它所蕴含的历史和文化价值是如此鲜明并赏心悦目，以至于令我在瞬间对制造它的安徽女孩产生敬畏。这个分上下两层并带开关门的书柜显然要陪伴我良久，它会像一段温婉而诗意的岁月丰富我的人生，并教会我在馈赠中懂得感恩。

徐来凤没有同我一起抬回柜子，她付了点钱让托运站帮我送回出租屋，遂转身坐进了一辆开往鹰潭的班车。她的动作是如此决绝而利落，让我没有丝毫准备。

我会给你写信。她的微笑定格在窗口。

你可不可以再住些日子？我略带伤感地问她。我感到一阵冷风的击打。深秋的风坚硬而寒彻，像一记鞭子抽打着我僵硬的身体。

不了，徐说，我不耽误你的学习。她最终绝尘在深秋的光影里，甚至没来得及留下通讯地址。她同时带走的还有一股樟木的清香。

次年秋天我到北方上大学，期望中的来信始终没有来。我曾尝试着给她写信，但脑海里只存留着“安徽”两个字，别的信息全然不知。这显然是一封无法寄出的信。是的，我的求学的列车多次穿越安徽腹地，它在诗意的田野奔跑并呼唤着，像个热血的汉子努力想表达些什么。它的呜咽的嘶鸣中夹杂着对土地的深情。

我重新翻找出发表在山西《青少年日记》上的几篇文章，企图从中找出徐来凤关注我的缘由。但是那几篇稚嫩的文字并无什么特别之处，其中只是诉说了一个农村青年在求学中的迷茫和困苦。我不知道是不是因为这些情愫触动了女孩儿的心弦。

很显然，我在杂志上并未找到徐来凤的踪迹。

时间过得飞快，二十年来我始终在等着她，我甚至设想过她出现在我面前的情景。她的发梢沾满樟木和阳光的清香，以最具体的形象还原我内心的记忆和想象。比如我也曾设想她会避开秋天的嘈杂，在春暖花开的某个时辰远道而来，与我促膝交谈，追忆逝水流年。

然而我一直未曾等到她。梦中的女孩儿像风一样划过我的指尖，在秋天缤纷的意象里渐行渐远……

时常想起枫港中学

或许我的一生都要陷入这种怀念的。很多日子过去了，我越来越深刻感受到自己就是一脉小溪流，从大山里流淌出来，经由沙滩与戈壁，踏上了无穷无尽的跋涉之旅。

我记忆中的枫港中学，就是这么一座大山的化身，在岁月与历史的洪流中，它赋予我的灵性与理念，像来自乡村中的谚语让我终生感怀和受益。这种朴实的思想和情感，有如校园生长的植物和阳光，任何一种姿态都足以令我回味和咀嚼一生。

如今已远离老师们很久了，但是他们那具有金属质感的声音依然在耳畔铮铮作响。言传身教、授业解惑，老师们多年坚守的品格犹如一棵稻穗一样朴实无华，感人至深。而他们不求名利、默默奉献的品质更是具有一种庄稼的精神。来自这种精神的光芒多年来一直照耀着我脚下的路，并让我无数次获得巨大的鼓励与勇气。

一直以来，我总是无比深情地怀念起那两眼井。然而进入这种叙述的开始我却极易流下泪来。谁曾想到梦中时常浮现的身影竟有着这么两具感人的物象，在时间之河淌过多年后的今天，对那两眼井的怀念依然占据我心灵的空间。其实我所要努力叙述的是那段岁月，在井台之上，在饮水的过程，以及那些忧伤和乐趣，都无不牵动我的心弦，勾起我的阵阵隐痛。我想那两眼井或许就收录了我们的心事和苦难，在那些重叠的淡泊日月，只有那两眼井是我们唯一的知音，它们是实实在在的倾听者与诉说者，虽然你发现它们常年是那样缄默不语，但是你的忧伤或者欢乐，无不被它珍藏了起来，有时候一滴清冽或浑浊之水都可能是一种声音，或者一段愁肠百结的往事。

到了夏天的夜晚，我们常要将课桌搬出那闷热的屋子，桌面上立一支烛，或者点亮一豆油灯，就着夏夜的星光就读。而此刻从围墙外的稻田传来的片片蛙声，感觉那是最好的自然和乐，是天籁之音，当你看书困顿之际，那蛙声就如一瓢凉爽的井水淋在你的额上心上，给你以持久的清醒与宁静。间或还有别的小虫子的声音，在洒满星光的草丛里，它们的歌唱多么富有诱惑力，这声音从夜幕降临以来便次第点亮，从夜深持续到黎明，从星光中走进我们斑斓的梦境。

最感到兴奋与欣慰的是每周都有一两次劳动的机会，或去学校的自留地除草，或者帮助老师播种花生、收割水稻，但无论春天或是秋天，一种来自种植和收获的幸福都会紧紧伴随在我们周围，让我们深深感受到来自农业的辉煌与荣耀。

其时母亲已是在台阶前迎候着我们，望着她那舒展的脸庞，我心里顿时踏实多了，牵挂与沮丧的心情顿时消失得无影无踪。

我的梦中的校园，它就像来自我思想深处的家园，一切清寒或富有，孤寂或喧闹；所有源于苦涩中的微笑，抑或来自欢乐中的泪水，这些具体而真实的情愫，无不是人生中的珍品。那片培植苦难的土壤，如今却茁壮了我的信念，那方记载歌谣与理想的天空，如今已呈现出一片生命的蔚蓝。

是的，我时常要想起枫港中学，我时常要想起一个衣带补丁的少年当他踏上霞光的道路时显得是多么富有朝气与自信，即使多年后的今天当他面临挑战与选择时仍旧具有一种坚强和执着。这种气质源于精神，精神出自家园。而我梦中的家园，就是给我无比苦难与幸福、理念和智慧的校园。

深情的思念

在我书房的墙壁上，挂有两幅油画，一幅是南方的水田，另一幅是南方的河川。简约逼真的手法，清晰地勾勒出江南水乡所特有的景致。

没有人了解我这种心思。在简约的书房，那两幅画儿常常在不经意间撩拨起我的思乡之情,在田垄与河流之间，似乎有数不尽的乡间俚语、亲情世故，它要让身居外乡的游子获取源源不断的养分、灵性以及深邃的思想。

作为一个农家孩子我是幸运的。从裹屁帘的童年，到赤脚的少年，直到现在走出家门的青年，我为我过去的一些经历感到欣慰和自豪。那些宛如诗歌般的岁月，让我这个水乡少年获取了无穷无尽的创作激情。

我记不起是哪年喜欢上文学的，大概是在水田插秧的时候,或者在池塘边垂钓的时候,抑或是放牧野炊的时候?故土的养分几乎每时每刻都滋润着我干涸的心田，催生着我这棵幼芽成长壮大。

一切都似乎是新的。宽敞明亮的教室，校园里高大的梧桐树，以及清香扑鼻的荷塘和花团锦簇的植物园，这所有具体的物象与这所县城知名学府的地位是多么一脉相承，她无疑是众人所景慕和钦羡的。

学校教育是我成长的基石，同时她也无可回避地成为我实现文学梦想的摇篮。我想 1988 年进入余干中学，那是一个转折之年。那一年我的作文《姐姐》、《学费》刚刚获得全国中学生“小天鹅杯”散文比赛特等奖和一等奖。当年的余干中学副校长高孟德和另一位老师前往我当时就读的余干县枫港中学考查，决定免试录取我到余干中学高中部就读深造——一桩美丽的设计从此为一个农家孩子启动了寻梦的征程。

1988 年秋天大概多数人不知道我的身世，这是我所庆幸的。少年的自尊和倔强容不得半点指责和奚落。也就是在这个初秋闷热的季节里，一个从小失去父亲的文学少年，开始了他艰难的求学和寻梦历程。

我记得高一年级是土家族的龚定荣老师当我们的班主任，他教的是历史。勤于笔记和旁征博引的教学方法让每个学生都对历史课钟情有加。我也不例外，老师的幽默风趣调动了课堂里的气氛。高一上半年，作为班主任的龚老师给了我全班最高的十八元助学金。但是，这其中的成分多数是龚老师出于同情和偏爱而私下决定的数额。他自始至终掌握着我的学习和生活情况。然而，这个朴实的大胡子老师有时也展示他性格的另一面，在一堂下午的历史课上因见我扔掷纸团而含蓄地挖苦了我一番，让我在诸多同学面前落下很多尴尬。我想生活就是这样，有欢乐就有痛苦，历经了种种挫折和磨难才能真正领悟到生活的真谛。

一切都似乎是新的。宽敞明亮的教室，校园里高大的梧桐树，以及清香扑鼻的荷塘和花团锦簇的植物园，这所有具体的物象与这所县城知名学府的地位是多么一脉相承，她无疑是众人所景慕和钦羡的。你无论漫步在县城的大街上还是徜徉在乡村的田埂上,莫名的自豪感油然而生。是的，我经常有这种感觉。

其实她又是多么普通的一所学校，由于没有宿舍，外地的学生都得租县城居民的房子住。一个月五元到八元不等的房租，看似不贵，但对于像我这样的乡下学生要承担诸如此类的开支，委实有青黄不接的困惑。很多时候，我常常要想起在老家辛勤劳作的姐姐和弟弟，平日就是他们节衣缩食供我念书。这两个早早辍学在家的我的同胞姐弟，是他们教会了我自强自立，懂得用自己稚嫩的臂膀勇于担挑起岁月的风雨。

茫然的时候，我是多么渴望有那么一双手拉我一把，或者有那么一种声音指示我说：孩子，上吧。在一个漆黑的夜晚，我便是怀着这样一颗忐忑不安的心叩开了语文老师李乃凑的家门。这个藏匿于荷塘之隅的暗黑的屋子，它的光明的火种已在一个乡下孩子的心中点燃。

那是第一次造访。记得是怯生生地寒暄过后，我即刻把过去发表的习作和获奖证书一股脑儿地摊在了李老师的面前，李老师明显有些激动，这位同样来自乡下的清癯男人，他不停地打听和招呼着灯下的乡下男孩，像呵护一株田间禾苗，显得关爱有加。

这个朴实厚道的语文老师后来证实了我这样一种猜测，即是你完全可以像和一位老家大叔一样同他交往和交流，这种交往本身是有益的，也证明它是及时的。在李老师的悉心辅导和关怀下，我的一些习作相继见诸报端，《山村晨曲》、《弟弟》、《前途不再渺茫》、《绿色的太阳》等十余篇诗歌、散文作品发表在《赣东北报》（《上饶日报》前身）、《江西青年报》、《青少年日记》和《作文》等报刊上。同时也屡有习作获奖。记得一次，李老师还把我在课堂写的一篇作文《故乡的老河湾》张贴在了学校出的国庆特刊上，与众多老师的佳作济于一堂我是多么幸运和自豪啊。很显然，这是担当国庆特刊主编的李乃凑老师的偏爱和呵护才得以有这样一个“亮相”的机会。据了解那是张贴的唯一一个学生的作品。过后，李老师还发给我七元钱稿费呢。这不由得让我想起刚念初中时，自己还偷偷往学校的国庆特刊上张贴过一篇诗作，那种虚荣与满足至今清晰记得。少年啊，他的心是一片天空，理想要随着鸟儿一起飞翔。

高二、高三时期是李家驹老师教我们的语文。

这是一位年过花甲的老人，当过兵打过仗。李家驹老师讲课声音洪亮，抑扬顿挫的语感极具感染力。从他身上我更多是学到一种为人为文的道理。在很多回，这位头发斑白的老人总认真批改我的习作，有时还把我从课堂叫出去，就一个语句或选题的准确性问题和我商讨良久，交谈的过程丝毫没有紧张的意味。与李家驹老师的平和相处使我爱好文学的习性得以延续。虽然整个校园的创作气氛并不浓，但在课余我还是找来几位兴趣相同的同学，筹划创办一个文学社。在全国各地大中学生文学社如雨后春笋般地发展之际，作为省重点的余干中学留有这种空白确实有点不正常。为此我和彭华亮、叶梦扬、齐抢先等几位同学找到校教导主任汤盛义老师，希望能批准我们搞个文学社。或许是出于对八九年一些事件冲击的担忧，成立文学社一事始终未被批准。即使如此，我的文学创作的热情依然高涨，在校园，我勤于笔耕，并阅读了数量较多的中外文学名著；在校外，我广泛联系易经簧、罗宁、江朝栋等县内外知名作家，虚心求教。1990 年我加入了余干县文联，成为当时最年轻的一位委员。

1990 年下半年，也即是我高三上学期，我接到黑龙江省哈尔滨小天鹅少儿文学函授学校校长、著名儿童文学作家杨臻老师发来的信函，他要求我从速整理一部 12 万字左右的书稿，计划由哈尔滨出版社出版后推荐我入大学深造学习。这个突如其来的喜讯是我日久的期待，似乎也是意料之中的。因为从初中三年级以来我就报名参加了杨臻老师创办的“小天鹅”函校，这位曾含冤坐了 22 年监牢的老人，创办的文学函授遍及全国20余个省市和地区，并以最好的态度和最真诚的爱心赢得千万孩子们的信任和爱戴。他为穷远边区的孩子减免学费，把有才情的文学青年推荐入大学深造。从20世纪80年代中期至90年代，他相继往北京大学、复旦大学、南开大学、吉林大学、武汉大学、南京师范大学等全国十余所重点高校成功推荐了田晓菲、陈刚、姚晓娜、张春喜、马凌等20余人入学深造，真正体现出他的“聚贤才于麾下，施仁义在人间”的壮举及其深刻内涵。

在我积极整理书稿期间，杨臻老师用“关心下一代”信笺致函校领导，请求为我筹集部分出版资金，并详尽介绍了保送我入吉林大学深造的有关事宜，以求得校方支持。为此，校长刘迁京、校党支部书记舒士高、教导主任汤盛义、李乃凑、胡名驹等领导、老师立刻召开校务会，为我出谋划策。此后不久，县教育局在教育经费极为紧张的情况下，毅然拿出五千元作为我的书稿出版经费，在我的成材道路上添上了厚重的一笔。

1991年2月，我的第一本散文集《姐姐》由哈尔滨出版社正式出版。当我手捧着这个散发着油墨香的小册子的时候，思潮不由地翻滚起伏。我的眼前老要想起家里的那间破漏的小屋，想起我们三姊妹在小屋里艰难度日的情形，同时想起师长们对我谆谆教诲的情景。这些蒙太奇式的生活片段平凡而真实，它其实无时不在阐述一个真理：你的努力与付出，总会有个开花结果的时候。

在此期间，年近六旬的杨臻老人连连奔波于哈尔滨与长春，为我的入学之事不辞辛劳。

1991 年 4 月初，吉林大学中文系委派张国举和林树山两位老师前来我校考查，碰巧我外出洛阳参加小作家笔会。之后二位老师取道湖南、武汉考查另两位同属免试录取的同学。恰好次日我外出回来，接到两位老师的电报后迅速赶往武汉接受面试和笔试。我记得笔试考了我的现场作文和英文翻译，总体上还过得去。期间我了解到，两位老师此次还考查了湖南宁乡县的中学生作家贺永强和武汉中学生诗人章君。入学后我们三人分在同一个班级。四年大学毕业后二位分别去了中央电视台和新华社湖北分社工作。

5 月下旬，吉林大学给我提前邮来录取通知书。整个学校顿时为之沸腾，校领导还特意买来一挂鞭炮。在噼啪作响的鞭炮声中，当我从校长手中接过漂亮的录取通知书时，当我同在场的众多老师亲切握手时，我分明感受到一种力量在重重地撞击着我的身体，这种力量来自厚重的泥土，来自故乡连绵的山脉。

1991 年 7 月，我携带着家人准备的一袋自留地出产的芝麻，提前出发来到哈尔滨，拜见了日夜思念的杨臻老师。其时，老人家已为我准备了入学的报名费了……

小站

那天临近正午，我从一列满载着熙熙攘攘的人群的火车中下来，一眼就看见了站前的两棵头冠如巨伞的大树。那该是两棵杨树，翠绿的叶片在烈日里泛着水样的光泽，它们在细风中低吟，发出沙沙的声响，似乎在向我这个远道而来的异地人表示它们善意的问候。

然而我的心情远没有预期设想的那么好，尤其当我走出那个人迹寥落的小站，看到那个我即将栖身的破败的工厂时，我感觉眼前在顷刻间划过一道阴暗的云翕的影子。知了在我头顶的上空鸣叫，声音尖锐而惨重，扰乱我疲惫的心绪。而那些过道边上的树，它们罗列出不规则的阵形，冷峻的目光让我体味出一种深深的刺痛。这一切具体而真实的物象，它的犀利的刀刃在瞬间将我高贵的棱角削除殆尽。

品尝了孤独和痛苦之后，我极力想回到一个热闹的地方去。我揣着那张唯有铁路职工所能持有的通行证，踏上了由小站开往城里的火车，领略了久违的喧嚣与繁华。对比之下，小站及其周围的景象是何等的细微和萧条，尤其是落了雨后，遍地的泥泞和污水，这一切只能引起人更多的悲伤和自卑。那辽阔无边的旷野，那低矮的庄稼和衰草，以及远处突兀凌拔的山峦，这些乡野的景物，似乎少了些现代文明的气息，封闭、偏僻、渺小及凌乱，一切都似乎注定了它的愚昧和落后。而今，命运之手恰恰把我安排在这样一个狭小的空间，使我如同一只井底之蛙，日复一日地伴随着痛苦、焦虑与无奈。

时间进行到一年后的同一天，一个个机遇接踵而来，那天当我获悉自己被城里的一家电视台录取之后，心情异常激动，内心有种绝处逢生的感觉。那个初秋的早上，我打理了一个简单的行囊从小站赶往城里报到，目光被都市缤纷的色彩所迷乱，走在城市的肩上，潮汐般的市声在我耳畔汇集成奔腾的河流，重新唤起我沉睡的知觉和记忆。

电视台的工作紧张而刺激，无数次披星戴月的奔波忙碌，使我深深体会到作为一个异乡人的艰辛和酸痛，在那斑斓的城市广告牌和霓虹灯下，我的灵魂像一只孤独的羔羊，充满迷离和伤痛。

喧嚣与宁静，似乎后者更具有一种接近诗歌内质的美感，那天我以一个流浪人的姿态出现在小站，周身就是被一种秋后的宁静所依裹着，我感觉自己像一个婴儿在聆听小站的心跳，感受她博大而持久的温暖。此刻我看见小站四周的庄稼都收割殆尽,空气中弥漫着可亲的丰收的气息。我原来知道，生活中最朴实的真理就流传于乡间，那片耕种了百年千年的土地，其实就是我们一生所崇敬和感恩的母亲啊。

远远地一列火车驶过来了，它鸣响尖锐的汽笛，给宁静的小站平添无穷生气和活力。多少次日出日落，由这样一条长龙所带给异乡人的希冀及感触是多么悠远和深刻。作为远离老家的人，此刻我清晰感觉到一双手的触摸，这双曾被我忽略于时间之外的小站的手，它已将一颗流浪的心捧在一盆温暖的炭火之上。

我习惯走向工厂那间杨树环围的小屋，多少次映现出一个人彷徨不定的身影的窗棂，如今它已安静如磬，包括断断续续地从车间传来的金属的刺响，所有这些尘封的记忆竟是如此亲切感人、撩人心魄。

原来渺小、丑陋的小站才是我内心真正向往的神圣之殿，无论她多么冷静、荒僻和贫穷，但当我的双脚踏在夜色中那泛着青光的石板小路上，我真的感觉自己又回到了久别的村庄。

故乡的水井

我总要想起故乡的水井，就像故乡的老枫树或者土地庙，那些平凡的物景常常勾起我沉积在心头的情感。

那是村上唯一的水井。井的周围砌了石头，高高的井台上有孩童的欢笑，有村妇的牢骚，更有男人们粗犷的不着边际的幻想。连接村舍与田野、连接山麓与湖泊，故乡的水井坐落在村里人的视线里，以其慈母般的胸怀，容纳着岁月的风雨。

就那么一口井，没有名字，也不会让更多的人刻意去想起，她在村前的两棵枫树旁边，再前面是一座人们拜神的土地庙。平淡的日月，那口井就那样落寞地端坐在村口。

在人们的记忆里，那口水井是多么弥足珍贵：在火一样的麦地及稻田里，劳作归来的乡亲舀一瓢井水解渴，那清凉甘甜的滋味足以消除一天的疲劳和困顿。此刻水井对于人们的意义，有如饥饿中的红薯，或者干渴中的甘蔗林，朴素的品格让人回味终生。是的，还有在人们聚集纳凉的故乡的水井流传着许多动人的故事。住在村前的国永，七八岁的时候，一天他在井边玩耍不慎落入井里，正在同伴手足无措的时候，一位过路的牙医救起了小国永。后来国永认牙医做义父，义父且教给他治牙医术，两个素不相识的人，把人间美德与情感演绎得生动而感人。

庭院，当一担挑满井水的木桶匆忙走过，挑水的人总要被喊住：“嘿，崽俚！停下舀碗水吃。”挑担的后生自然要落下水桶，让乘凉的人舀走一筒或者两筒，此种场景许是成习惯了。

故乡的水井流传着许多动人的故事。住在村前的国永，七八岁的时候，一天他在井边玩耍不慎落入井里，正在同伴手足无措的时候，一位过路的牙医救起了小国永。后来国永认牙医做义父，义父且教给他治牙医术，两个素不相识的人，把人间美德与情感演绎得生动而感人。

后来村东头的民善也掉进了井里，是家住村西的冬生把他救上来的，厚道的汉子怎么也不肯接受民善家的谢礼，这个朴实的过程让两代人和两个家庭从此结为患难之交，让人好不羡慕。我家就住在离冬生家不远的地方，好多回过年过节，我亲眼看见过这两家人往来走动的情景。我清晰地知道，这所有情感的延续都是水井所衍生出的人间真情，它把悲剧变为了喜剧，将人生的过失铭刻成岁月的甜美。

其实我也没有特殊的语言描述我所钟情的水井，我只记得无数个白天和黑夜，或者炎炎夏日和严寒的冬季，它的存在就如我情同手足的兄弟，它几乎无时不在提醒我：兄弟你是否喝点水再走。是的，我听见了这种召唤，这种声音虽然细微，但我听到了。

生活总是要改变的。为图方便，后来村里好些人家安上压水机，这样来井边挑水的日子就少了。但那总归没有井水甘甜，压水机里的水呈沙质，口感也差，但人们图方便，已顾不得这些了。

因为洪水，村子整体搬迁后，人们离水井更远了。在新居，标榜现代文明的自来水管改变了人们过去的汲水习惯，这样一来，谁还会刻意去想起村头的水井呢？

那眼孤独的井，那眼存在了数十年的老井，难道就这样落寞地守候下去么？

总归有一天，我还要向它讨口水喝。

成片的油菜田

南方人习惯种植油菜，这是很多人都知道的事儿。金黄闪烁的花瓣，长年来始终是南方春天独有的风景。你从外乡回来，在远处的某个角度注视这梦里熟悉的物景，浑身的疲乏似乎就要随之散了去，尔后你会感觉回到了一个温暖的怀抱，踏实与安全感顿时又紧紧伴随你左右。

成片的油菜田，那是村姑们编织的地毯，抑或是邻家嫂子连夜赶制的漂亮衣衫。一块接一块的田垄，一块接一块的水彩，世界仿佛在瞬间变得清晰明亮、动人心魄。是的，与初春尚处在惺忪梦境中的小草相比，金黄的油菜花要显得更为醒目些。还有闪光的湖泊、宁静的村庄及崎岖的村前小道，皆因了油菜的点缀而显得富有灵气和活力。

成片的油菜田，印象中那是一片衍生苦难与幸福的田垄。春天行将结束，收割已经临近。而待油菜籽绽开之时，菜田呈现的繁忙景象正加深着少年内心的忧虑。赤脚、镰刀、毒日和汗滴，繁重的劳作像枷锁一样让少年内心充满忧伤。

但那总归是收获。在乡亲脸上的褶皱里，在他们佝偻的背影中，收获所蕴含的意义像生活本身富有乐趣。在墙垛边，在深邃的小巷里，从瓦房飘出的清香令整个村庄都为之沉醉。透过锅台边主妇们憨实的笑容，菜籽油的绝唱有如乡间纯正的音乐娓娓动人，隽永绵长。而且它不带一丝儿杂质，清纯透明的体态像童谣般感人至深。

没有人熟悉我的那块油菜田。在田野的中心，我的秘密深藏不露。虽然是小小的一块，却也是春天的风景。大概也没有人知道我忙碌的情景。初春时节，我手握一只玻璃罐，跟随忙碌的蜜蜂采集花蜜，做一些顽童才能读懂的游戏；而时至暮春，我且随了家里的大人，挥舞手中的镰刀进行着苦难深重的劳作。伤痛的童年，常常因此而蒙上阴影。

是的，多年离开熟悉的土地，我却是要常常念起年少时的那段经历来——那在牛背上幻想的童年，以及在原野中飞奔的少年，浩瀚壮观的油菜田曾一度成为我人生经历的见证者。如今，当我身处城市狭窄的楼宇且伸出无力的双臂试图拥抱之时，我依然看见蜜蜂和一些好看的虫子在我的田间飞舞。成片的油菜田中，也依然有我劳作的乡亲，顾盼的眸子流露出对丰收的渴求。而后我看见他们在农历的四月，在金黄的油菜花谢落之后粜出宝石般的籽粒，去镇上的榨油厂换取多半年的花销来，满足与幸福感，沿着农历的方向流淌不息。

来自外乡的人，当你站在堤坝上眺望，抑或在田间穿行，脸上是否也写着一种满足与幸福感？在我祖辈耕种的这片田垄之上，无论是家里家外的人，都将携带足够的幸福感恩一生，因为你心中始终装载着一片金黄的油菜田。

信江落霞

我大概六七岁就成了爷爷的盲杖。我不知道爷爷是什么时候瞎的，打我记事起，他就在黑暗中摸索，像条盲犬一样挣扎在日子的皱褶里。爷爷有两个儿子一个女儿，大儿子早年得病死了，那是我父亲，我尚记不住他的容颜。等母亲嫁了他人，我只能在爷爷这里寻得温暖了。这样一块土坯一样的肩膀，常年为我遮挡风雨，同样也教会我在黑暗中摸索。

村子离姑妈家有十几里路，即使行动不便，爷爷也喜欢去往那个一江之隔的村落，那是他在这个世上唯一能寻得安慰的地方，他的浑身散发着柚子清香的女儿，会在渡口以习惯的动作牵他上岸，继而引领他回到一幢环围着柚子树的小屋。那里的一个教书匠——我的朴素而厚道的姑父正在张罗晚饭，煎鱼的香气沿着瓦屋的泥墙扩散开来，带给远道之人持续而厚重的暖意。爷爷喜欢这种气氛，正如我喜欢鱼的腥味儿一样。

那天我被一江气势磅礴的落霞所震撼。这应该是我第一次看到这种景象，那完全是谁的画笔描摹的场景，渡船、村落、长堤以及漫无边际的霞光，在黄昏迅速占据我的视觉。此刻我正牵着爷爷来到姑妈家对面的渡口，不，应该是爷爷将手搭在我的肩上，我们一同在等渡船靠岸。我听见爷爷尖着嗓子朝对岸喊：

“驾船的嘢，这里要过渡哦——”

爷爷似乎拼尽了力气，脸涨得通红。他的泛白的瞳仁不经意地眨动着，看上去像两只水鸟的眼睛。是的，那里镶嵌着落霞的光芒，它显然照亮了爷爷内心的幽暗。

渡船等了很久才划到岸边来，头戴麦笠的艄公同样身披霞光，看上去像刚从天上归来的人。“你们是爱和家的客人吧？爱和下午做爹爹了！”摆渡人向爷爷通报了这一喜讯。“就生了？男孩还是女孩？”爷爷在我的肩上捏了一把，催促我赶紧上船。“是女孩！”摆渡人将竹篙伸进水里，脸上洋溢着欢快。

上岸才知道，那是我表妹琴红出生了。她是姑妈生的第三个孩子。此刻屋里已然有了气氛，大锅煮着挂面，一群陌生的脸面正围着灶台大肆吃面，空气中响彻着敲击和吞咽声。即使我与爷爷的到来，这场毫无收敛的运动依然没有停歇。期间或许出现过一次小小的停顿，但很快又被本能的吞咽声填充了。乡下人生小孩有吃面的习惯，无论是生男孩还是生女孩，东家都习惯煮一大锅挂面犒劳左邻右舍，光景好些的人家还要往锅里放些豆腐或骨头肉。而这次我却在面里吃到了鱼肉。信江边上的人家大概捉鱼要便利些吧。

晚上自然有一帮人围住爷爷要求算命。这是爷爷安身立命的本事。一把二胡常年背负在他瘦削的后背，这次见他取下二胡，认真地给每个人算了起来。他要对方报来生辰八字，很快便依循他的独有的唱腔，在二胡的伴奏下煞有介事地算起各位的命运。爷爷的口诀编排得好，算命也“准”，周边不少盲人都拜他为师，讨一门糊口的手艺。往常爷爷算一张命是一角钱或二角钱，也有送一个鸡蛋的，爷爷用随身的褡裢将鸡蛋小心裹好，等落黑时分将钱物一并带回家。而此次来到姑妈家，给左邻右舍算命却是不收钱的，也难得有这样的好气氛，爷爷算了一卦又一卦。正是初夏天气，柚子树上还生有花朵，扑鼻的香气环绕院落和瓦屋，诗意般呈现大自然厚重的气质与美感。

爷爷也曾给我算过一卦，说我今后有出息，并可能会当上中央干部。这曾一度令我沾沾自喜。今天看来这卦命算得有些许准确，我虽未飞黄腾达，但至少已经进了北京，离中央也是“一墙之隔”。

我十分享受与爷爷在一起的时光，虽然不太习惯他手持小铜锣沿路敲击以引起旁人注意的样子，但至少在他身边有安全感。平时我是他的眼睛，他则是我的靠山。

“爷爷，小心脚下，有条沟你要迈一下。”我示意身后的爷爷。

“爷爷，我的脚走痛了，我想歇一下。”我央求身后的爷爷。

爷爷习惯以“哎”声回答我，他收起棍子，继而在杂草丛生的圩堤上坐下来，歇上那么一袋烟功夫。而此刻我的眼前是银色的信江，浩阔的江面水鸟翻飞，有一刻我看见水鸟的眼睛像宝石般晶莹剔透，那里似曾隐藏着一段辛酸的过往。是的，此刻我极其想念母亲，但她已走在信江之远，像只候鸟一样不见踪影。

爷爷卧病在床有两三年之久，我几乎不离他的身旁，每日给他端茶送水、倒尿和倒痰盂。夜深即使爷爷睡不暖和，他都要将我的一双冰脚塞到他的腋下或者双腿之间给我捂热。他咳嗽得厉害，一只瓦盆常年放在他的床头，几乎每咳出一口痰都是声嘶力竭。屋角一口棺木，在夜色里泛着冷峻而幽暗的光，有一回爷爷让我拿竹条抽打棺木，我不从，我怕打走爷爷的灵魂。我趴在被子上痛哭失声，拿嘶哑的声音跟爷爷说，爷爷你快些好，我不让你死！

爷爷最终还是走了。那是我即将上小学四年级的暑假，家里来了很多人。之前来到屋里的教书先生趴在爷爷的耳边试图问出最后一句遗言，但见爷爷的嗓子里呵呵有声，似乎正酝酿着一起风暴。但最终爷爷一句话也不曾说，将脑袋歪倒在荞麦枕头的一侧，带走了人间最后一丝留恋。

出葬那天叔母叫住抬棺的人，让他们带两个鸡蛋放在爷爷的坟头，说爷爷每日都要吃两个鸡蛋。言下之意她在爷爷生前并未亏待过他。我在一旁听后心如刀绞，可怜的爷爷何曾有过每日吃蛋的福分，他的冷寂的病榻甚至很难看到亲人们的影子。之前他算命换来的鸡蛋都被他补贴了家用，我脚上的凉鞋和雨鞋也是爷爷辛苦攒钱买来的。一次爷爷如厕不小心将五元钱抖落到茅厕里，他硬是让叔父打捞出来，并在雨季肆虐的一个午后给我添置了一双崭新的长筒雨鞋。我别提多喜欢它。从此我再也没有在雨水里冻过脚了。

爷爷葬在信江之南的祖坟山上。那里长满蒿草和蓖麻。那天我没有随大人去往坟地，一个人徘徊在长长的圩堤，而后又坐在圩堤上想心思。我知道从此我是一个没有爷爷的孩子，他的宽厚的手掌不再落在我的肩上和我的梦境里。那把悠扬的二胡也不再会在我的身侧响起——那把乡村坚韧的响器，像诗歌一样质朴，又像道德一样深邃和旷达，它已携带着人类的颂歌与美德绝尘于人世。我不知道自己为什么会如此特立独行。临近中午，我看见身后送葬的那些人步履轻盈地朝村庄上走去，声音在空气中传得很远。是的，村子里还有一场筵席等着他们去完成，酒桌上摆放了豆腐和鸡肉等菜肴，那是现阶段乡村最负盛名的物质生活的展示。那里已然看不到悲戚而凌乱的气氛。

黄昏就这样裹挟着我，裹挟着我的瘦弱而疲乏的身子。我看见晚霞自天穹倾泻在大地上，之后在江面上映出一片虚幻的红。是的，那是我无比熟稔的景象，它像油画一样招摇而铺张，充满着气势磅礴的美感。有一刻我似乎看见爷爷的影子，他一会儿是风车的形状，一会儿是马的形状，他周身闪耀着光芒，正一路朝西疾驰而去。是的，浩阔的信江多么引人入胜，它承载着奇幻的想象和人间的哲思，将黄昏的天际装点得绚丽而扑朔迷离。

而我的至亲的人，从此也变成了信江上空的一挂长虹。

废墟

好多回梦里，我总思念着我那偏远的村庄。我感觉它就像我那独居的老娘，一个人在僻静的地方默默地守候，且显得孤立无援。

那个僻静的村庄，如今已成为一片杂乱不堪的废墟。残破的瓦砾、斑驳的庭院、肮脏的池塘，往昔花红草绿的世界已经被眼前这种破败的景象所取代，再也寻找不到孩童时代欢乐的场面了。

我终是抑制不住内心的那种冲动，在 2001 年农历除夕前的黄昏，我让一台三轮车把我送到了村子边上，确切说是一片废墟边上。同行的有伙茂、友章和雪梅。他们皆因了我的请求而答应前往。在坎坷的村路尽头，雪梅干脆歇了下来，任由我们三人步行前进。

天空暗淡平静，四周沉浸在一片少有的寂静里，在我们眼前，只有几只雀儿在树上活蹦乱跳，仿佛在迎接它们久违的主人。

成为废墟的村庄原来是这样的小，在一条巷子里环顾，熟悉的物景皆近在咫尺。我径直来到我的宅基地，在蒿草从生的地方，我的那爿厨房还在，推开虚掩的门，里面的灶台坍塌不堪，室内杂乱无章的物什像是一个世纪前留下的。一把笤帚、二三个篾箩，主人的余温和生活的气息似乎仍触手可及。我依然熟悉灶膛前的那只小板凳，那是我母亲烧火做饭用的，岁月流逝，那只表面光洁的木凳忠实记载着一位朴素的村妇勤劳的本性，以及作为母亲无私奉献的高尚品德。

我还看见院里陈放的两口大缸。那两个孤独的守望者，它们的周围已是长满了杂草，每天的深夜或黎明，大概只有蚯蚓和蛐蛐儿陪伴它们了。是的，那两口泥红色大缸我是再熟悉不过了，一口饮水的缸，一口盛装猪的食物的缸，在我童年的记忆里留下了深深的烙印。它那蒙满灰尘的粗劣的瓷质表面，就像一张沧桑的老人的脸，把天地间所有的人情世故、荣辱兴衰都包容在里头。

屋子小了，庭院小了，村子也小了。我急促的呼吸像一只无着落的雀儿在一片废墟之上漫游，我的心似乎被谁抓提了起来，从来没有如此紧张和压抑过。还有那方池塘，那口老井，那弯石桥，那片水田，这一切都似乎遭受了浩劫，在我的眼里尽数疲惫而苍凉。

是的，这一切正是源于 1998 年夏季的一场大水的浩劫。在一个人们不设提防的夏夜，一场大水改变了生活的现存秩序，冲散了人们心头点点滴滴的记忆。

伙茂和友章似乎有他们各自的话题，在一垄油菜地的边上，他们高谈阔论，新年的气氛显然为这两个返乡人带来足够的谈兴。今夜就是除夕之夜，在山那边，新近崛起的村庄笼罩在一片特有的喜庆气氛里，在更于明亮的楼房里，快乐的孩子以及忙碌的大人都在为除夕而准备着，鞭炮、二踢脚，丰盛的年夜饭和春节文艺晚会，这一切都将让过去的苦恼抛向九霄云外。

最后我终是选择了几个角度，让相机为我留住心中所要珍藏的瞬间，在来年或者更远些的时候，再来看看这些物景是不是现在这种样子。

依然是那辆载客的三轮车把我们送回了家，其时暮色已至，排列整齐的红灯笼醒目而壮观，噼里啪啦的鞭炮声依裹着孩子的欢笑，显得是那样真实而亲切。在这个旷远的山坳里，又该衍生出多少童年的欢乐和日子的甘甜。

其时母亲已是在台阶前迎候着我们，望着她那舒展的脸庞，我心里顿时踏实多了，牵挂与沮丧的心情顿时消失得无影无踪，我抬头看见弟弟也开始要放鞭炮了，大概要开始过年了。

在路上

那年我大概是八岁，我和姐姐遵照爷爷的旨意，去江埠蛇场小学找姑父回村开山。从未出过远门的我见此情形，心里甭提多高兴，并特意在爷爷面前作了保证，一定把任务完成了。

村里开山砍柴，家里缺人手，每年的夏天，姑父都要来家里帮忙。只是今年姑父不知道开山的日期，喊一趟是必然的。

早饭过后，我和姐姐起程了。过罢一条河，我们来到一片开阔的绿洲。这真是个好地方，有耍野的牛群、嬉戏的牧童，以及壮阔的草甸，就像在梦里见过的一样。那些放牛的人也很好，其中就有人问我，你们上哪儿呀？虽然姐姐紧拽我的衣角，但我还是冲他们说了，我们去蛇场小学找姑父去，我爷爷要他回村帮忙开山。而后我就在他们嘻嘻的笑声中上路了。

蛇场果真远，走得我的双脚生疼。出了草场，我们沿河床踏上了一条崎岖的小路，而且人也渐渐稀少了，空中不时还传来啼啼的鸟叫，让人胆战心惊。姐姐显然目睹了我这种窘样，于是开始牵着我的手，以一个十岁女孩的勇敢呵护着一个小男孩第一次远行所带来的明显的怯懦。

在一条土路的边上，一片坟茔清晰醒目，红色的堆土、飘扬的旌幡，这一切所营造的恐怖气氛让我紧张万分。我想这别是跟电影一样吧，这种情况一般有鬼要窜出来。姐姐觉察出了我的不适，她牵牢我，并说，就要到了，看见没有，就在那片林子边上。我顺着姐姐指的方向看去，远方果真有一片模糊的轮廓，有树还有房子，那大概就是姑父的蛇场小学了。不知道姐姐是怎么认识蛇场小学的。而就在此时，一条蛇从一片草丛中爬了出来，它起先并未注意到行人，但当我们的脚步声惊动了它时，它爬行的速度突然变得快了，而且是迎头朝我们爬来。这一刻我屏住了呼吸，双手紧紧抓在姐姐的身上。“别怕。”姐姐说，“我们没惹它。”姐姐说这些话时，表情泰然自若。但我能清晰感受到她快速跳动的心律。蛇并不大，大概就是平时在稻田常见的那种水蛇。只有几步远的时候，蛇突然停止了爬行，它那鲜红的信子在阳光下清晰醒目，是出于观望、挑衅抑或友好？大概谁也说不好。正在这时，蛇的身子一摆，突然横向爬走了，一头扎进了路边的草丛。我和姐姐这才舒了口气。

初夏的天气热浪逼人，随着时间的推移，我的心情变得越来越糟，有几回我都嚷嚷着要回去，而每回都是在姐姐的耐心劝说下坚持了下来。

最后是在姐姐的一路打听中，终于在中午时分找到了蛇场小学。吃午饭的时候，姑父给我和姐姐做了鱼和鸡蛋吃，算是较丰盛的午餐了。席间姐姐谈起我在路上的一些事来，自然引来姑父的一阵笑。姑父说，明年蛇场小学要搬到别处去，路更远了你还敢来不？姐姐忙接茬说，明年让生俚一人来，他说过他不怕的。是得一人来。姑父说，男子汉就得有天不怕地不怕的勇气。说完话，姑父往我碗里夹了一块鱼。我懒得去理他们的茬，勾头用心去扒碗中的饭菜。心想那没什么大不了的，明年我长得比姐姐还高了，大概什么也不怕了。

……后来我虽然没再去蛇场了，但从今往后所做的一切事儿大概都跟那次经历有关。后来我一人去村外上小学，去外乡上中学，还独自坐火车去外省上大学，一路上风雨兼程，总算练就了一身胆量。是的，要细细盘算起来，身上练就的这份气魄，难道不是亲人们赋予的么？在八岁的年根，在一条通往远方的路上，一位叫姐姐的人用意志和毅力牵引着我，走过了人生的初始阶段，她那厚道的品性和处惊不变的胆识，正是一个行走在路上的人所必须具备的。而拥有这些非凡胆识的人，走到哪里都无所畏惧。

乡愁

我习惯把年三十晚上的那顿年夜饭叫作乡愁。一家人围坐在桌旁，庆贺新年，品味菜肴，那应该是人生最值得流连的场景。

实际上年夜饭没什么新奇的地方。自留地出产的萝卜、青蒜，家里饲养的猪鸡以及村里干塘后捕捉的淡水鱼类，全都是土生土长的菜蔬。也正是因了这样一层朴实的情愫，劳碌的乡亲才愈加珍惜来之不易的果实。人们变得小心翼翼，在除夕到来之际，完成采撷、蒸煮和祭祀等一套程序。内心的敬畏感油然而生。

老话说，三十日里三十场事，这一天必定是事务繁多，再懒的孩子也要帮家里做点事的。一大早，趁着天上还有那么点儿日头，各家都在翻晒猪圈、牛栏，且要发落孩子们将湿漉漉的猪屎牛粪挑到稻田去肥田，期待来年的庄稼根深苗壮。这些几乎都是男丁们的事儿。而女眷们却在不紧不慢地张罗着年夜饭，她们杀鸡剖鱼，择葱洗萝卜，将一口池塘挤了个水泄不通。也有妇人将物件儿搬往井台，在冒着热气的井口收拾家禽及鱼类的内脏，手在忙着，嘴却说着过年以外的话题。大概是被这些陈芝麻烂谷子的事逗乐了，对话的几个人都不约而同地窃笑起来，眸子里闪动着羞涩而诡异的亮光。

最诱人的时分是临近中午，在冒着热气的灶台上，扑鼻的肉香熏人肺腑，令人不由地咽下口水。在那翻滚着沸水的铁锅里，熬着萝卜以及刚杀的鲜鸡和腌制的咸猪肉，肉的浓香弥漫在整个屋里，让人巴不得早些动筷子吃上几口。这时分，大人必定要往沸锅里塞下几个年糕，让几个在锅台边转悠的孩子暂且果腹。而事先熟烂的鸡胗子、鸡肠子等物，也必定要被几个馋虫捞了吃的。吃年菜的气氛，尚在日照中天时分便进行得热闹而忙碌。村里没有电视的时候，收音机便成为唯一的奢侈物。有收音机的人家将声音调得山响，除了戏曲，便是那些急切的企业家们向农民朋友拜年的粗嗓音，末了不忘提醒大伙儿购买他们的化肥和猪饲料。

落黑时分，村里灯火通明。写有“彭”姓字样的红灯笼悬于各自的屋檐下，形成年三十晚上独特的景观。这当儿，震耳欲聋的爆竹相继炸响，像约好了似的，一家比一家放得响亮，一家比一家响得持久。在夜幕降临时分，整个村子就这样依裹在爆竹声里，依裹在绵长的祝福声里。

大块红烧肉、海带炆猪脚、胡萝卜炖鸡、葱煎胖头鱼、腊月小白菜——透着乡土特色的菜蔬依次上桌，一年的光景大概就等着年三十晚上的这个时刻。所有苦涩的记忆、劳碌的酸楚以及生计的困顿，在今夜都化作云烟，人们只记住了欢乐和幸福。是的，此刻门外或许要落一场雪子，淅淅沥沥的响动许是上天为除夕之夜营造的温馨气氛吧。

那时候村里尚未流行麻将，年夜饭过后，邻里之间互相串门玩纸牌，“拱猪”、“跑得快”、押“九点半”，大伙儿根据各自的兴趣选择玩法，赌资不大，倒也其乐融融。牌桌上小琴就问了，夜间你家吃的是啥哩？卫英答，吃的是老鸡婆，姆妈还留了一个鸡腿等姐姐上门来吃哩。小琴接茬说，明天我艾家的姑夫来，肯定会带沙琪玛，你们明天来我家吃沙琪玛吧。刚吃完年夜饭的伙伴们对沙琪玛没有过多的期待，嘴里应着，心里却在想着别的事儿。而在桌底下，有人偷偷将不好的小牌扔到地上，都是些小3小4什么的，这种牌出到天亮都不见得能出去。

此刻村里的多数男人都聚在某个大户人家“装宝”，这种由一个小木盒控制机关的玩法在老家流传已久，也最吸引人。不过装宝是纯赌博，输赢上千块。一根摇曳的蜡烛旁边，怕围了有几十张面孔，个个虎视眈眈，面目铁青。在寂静的气氛中执“宝盒”的庄家就朗声唱了：

“一吊硬个两百独，出门龟带虎……”

唱毕开启木盒，现场顿时爆发出欢呼和哀号相混合的咆哮，谁输谁赢一目了然。

这是一幢陈旧的瓦屋，雪子从屋顶的缝隙处飞落到桌面，很快便被旁人拂了去。沉浸于押宝的人无法忍受来自外界的干扰，他们聚精会神，目光如炬，全然忘却了窗外已是一片雪的世界。

窗外传来一阵狗叫，声音急促而亢奋。有路人打着手电相互照射了片刻，一个问：“到何处去？”一个答：“我来看看装宝。”

转身便各走各的，屋檐下灯笼的余光将各自的身影拉得老长，恍若一段久远的往事。

分鱼

我不知道为什么老要想起分鱼这件事。大概老家是在水乡的缘故吧，抑或是临近年关，脑海里自然要浮现起这样一个鲜活的词汇。

每回到了年根儿，老家的天总是灰蒙蒙一片，没有日头，也不见它落一个雪，青灰的瓦片，干枯的树杈，以及沉寂的湖泊和田垄，江南的冬季多少年都这个模样。

村西一口池塘，唤作禾塘，腊月就数它热闹。老远就听见抽水机的马达声，那是村里在抽干禾塘取鱼。就那么足球场大小的一池水，大概要抽上两日功夫。这期间，禾塘周围总要聚很多人，多是些手拿木盆、瓷碗的小孩儿，他们顺着水流的方向，截获被水泵卷出的小鱼。打老远就能听见他们的欢笑声。也间或听到一阵对骂声，那是因为抢鱼起了纠纷。碰到急脾气的，大打出手也免不了，拿沾满污泥的手掌扇过去，对方的脸上立即留下一道手掌印子。

对方再还过来，很快双方便打了起来，各自抱住对方的身子，从禾田一直滚到流水沟，捉鱼的家什都被踩得稀巴烂。这样的场景连抽水的师傅都要停下来观战。

往年当禾塘的水抽得半干的时候，邻居华英、卫英俩姐妹便要带我去挖钱。在禾塘的石阶边，用捡猪屎的铁铲子轻挖裸露的污泥，常常能捡到平日里村妇们洗衣时不慎丢掉的一二分硬币，偶尔还有几近烂布样的大额纸币，但那是不多见的。我挖不到多少钱，倒是华英、卫英俩姐妹每人都能挖一二角钱，他们拿到集市上买东西吃，不知羡煞几多人。

农历二十九日，小年到了。中午时分，村里的禾塘抽干了。活蹦乱跳的鱼被堆在晒谷场上，堆得跟山包样。生性凶悍的乌鱼，乖顺的鲤鱼、胖头鱼，浑身长刺的黄嘎鱼以及黏滑黏滑的鲶鱼，脱水之后它们一个个变得六神无主，肆意挣扎。很快边上便聚来等待分鱼的人，他们端着脸盆，提着粪箕，对着鱼堆品头论足，脸上洋溢着新年特有的欢笑。往日忙于生计、苦于劳作的庄稼人，终于迎来了空闲，眼前这些活蹦乱跳的鱼儿，也最能勾起他们对来年光景的期许。

傍晚时分，家家都燃起了炊烟，响彻的锅碗瓢盆声，预示着人们在开始张罗年夜饭了。按照祖上的习俗，小年是属于斋年，是不吃荤的。这样，人们只有将分回家的鱼除净，挂在堂前，等明天的大年夜再享用。

当然，多数人家将分得的部分鲜鱼拿去集上叫卖，过年这阵子价格好，几条好鱼或许能给孩子添件春上的衣裳。

但多数是卖几个办菜钱，正月客人多，菜蔬的消耗往往大得惊人。而看看集市上，前湾李家、在上张家等地的鲜鱼都沿街码齐了，彭家人要想卖个好价钱，就看在街上怎么样吆喝了。

“鱼嘞，正捉上来个新鲜鱼——”

卖鱼的彭家人羞于启齿，但终将要寂寞地喊出几句。

年年过年，年年分鱼。童年的景象就像禾塘盛开的菱角花一样绚丽而奔放。那富有感染力的马达声在清冷的冬季响了又响，从白昼到深夜再到黎明，如天籁般贯穿人们的记忆。是的，随后还有那挖钱的村童，以及穿着水裤抓鱼的男人和撒着野、吆喝着分鱼的女人们，那热闹场景就像昨天发生的事。

只是这一切到后来都停了。因为一场洪水，村庄搬离了老居住地。那口浅浅的水塘，也开始远离人们的视线，寂寂地躺在田畈的中央，在风里追忆着幸福的过往。

后来我去看过那口池塘，发现它已然改变了原来的模样。菱角没有了，水草也没有了，空白的一池浑水，像落满尘埃的镜面，丝毫找不到昔日的喧闹与生气。我站在水边，半天看不到鱼的影子。

我的思绪似乎还停留在昔日热闹非凡的分鱼场景。

过年

村西面是一堵堤坝。再就是一条河。河是不很宽的，却悠长，水常年流淌，立于浅滩听水声潺潺，如古筝喧响，甚是悦耳。日头照在水上，金闪闪烁人。有船必有鸭，二只三只的船泊于岸，鸭却有一群一伙，它们游在水里，嘎嘎欢鸣，给冬日添了生动和活泼，也给过年增了许多气氛。

进入腊月，村里人开始筹备过年之事。其时红薯已入窖，芋头和甘蔗也藏在土里。但白菜却依然生长得茂盛，举头望那地头，白菜绿油油一垄一簇，十分喜人。这是江南的小白菜，不但看上去水灵水嫩，吃起来也很好，洗净下锅炒了，味道鲜美得很。

谷都上了仓。稻草码在庭院，有几人高。各家的地面都扫得很干净，让人心里看着舒坦。这除了提防火烛之外，也是为了面门，有外人进来，见院落洁净，即使嘴上不说，心里也会夸赞主人的勤快和利落。

过年前夕，自然有很多人家为儿女操办婚嫁大事。在过年那阵却是一直不落雪的，空茫原野还是保持最初本色。草是淡黄了，而村前一些灌木依旧有着浅绿着紫。时常刮一些风，逗得炊烟在屋顶上依依袅袅地舞动。

这点男方家庭表现得尤为急切，把媳妇接进屋里，早早拜亲，让父母了却心事。他们都等着抱大胖孙子呢！

这时辰野外有很多景致：迎亲队伍有数十人，担抬嫁妆，押轿跟箱，一路皆欢欢喜喜。只是花轿里的新娘一直在哭，以泪洗面，诉泣的声随着唢呐的曲子淅淅沥沥远去……

过了腊月二十三，春节在即，这时村人都三三两两去往镇上购办年货。镇子不大，人却众多，年底没有指定集日，天天都拥挤繁闹。小街人满为患，就从街头延至堤坝，在堤面延长一里半里，人始终不绝。

看那堤下河面，小小船只也挤挤拥拥，泊在岸滩，不见有安宁时刻。这些船的主人是对岸的或远道之人，他们赶集都划船过来，落许多便利。

年货有各种花色，先是购置吃食，然后便是拜年的礼品。然后是灯笼。往往付了灯笼钱，灯匠就会为你在灯笼纸上写上你的姓，或彭氏，或何氏。让人一看便知道你的贵姓。

最后当然不忘买上年画和写对联的红纸。红纸买回来，自己写，或者请村上读书人掌墨。于是，对联就写了：

天增岁月人增寿

春满人间福满门

或是：

爆竹声声辞旧岁

瑞雪漫漫迎新春

在堂屋刷上这些，满目鲜亮，加上壁上年画的映衬，真就有过年的气氛，喜气洋洋一片。

过年那阵却是一直不落雪的，空茫原野还是保持最初本色。草是淡黄了，而村前一些灌木依旧有着浅绿着装。时常刮一些风，逗得炊烟在屋顶上依依袅袅地舞动。

乡亲虽四季劳碌，过年这阵却也闲暇下来，总乐着脸。有两人碰了面，一个问：

“吃了？”

“吃了哩。”

“过年发财。”

“大家发财！”

俩人就咧着嘴朗朗地笑。

月半

我常常要想起在老家过元宵节那一段往事。老家人称元宵节为“月半”，一个月的一半，大概就是这个意思。月半大于年，这同样是老家人的说法。一直以来，我始终认为过年与过月半是两种决然不同的味道。小时候盼过年，更主要的是盼新衣裳和新鞋子，而对于过月半，其主要兴趣都集中在玩上。月半的前一天，全村的男孩女孩都在筹备扎龙灯之事。扎龙灯用稻草，几个商定在一起的伙伴每人从家里的草垛上抽出一捧稻草，再偷来些红纸，便拣一个背风的地方认真扎起龙灯来。其实这用不着花太多心思，按往年的做法，只是龙头龙尾难了些，龙头龙尾绑扎好了，就能突出“龙”的神韵和气势，那么一年的盼头就不会白费了。到了月半晚上，再在“龙”身上等距离插上香和蜡烛，节日的活动就这样紧张而有序地展开了。

闹龙灯多半是要到有新姐夫的家里去闹，只有他们才肯舍得花钱。灯盏初上，村上便有了热闹气氛，一支支龙灯队伍迈着喜悦的步伐朝新姐夫家走去，尚在台阶前，龙灯打头的人就在一片应和声中朗声喊了——

香点香，

进华堂。

华堂里头贴对子，

对子里头中状元。

状元撞一家，

生个儿子会管家。

状元撞一对，

生个儿子做官又做帝。

蜡烛一对，

果里一双，

金子银子堆满仓。

说完这些，主家便要按话里的意思，给一对蜡烛，两个米果，给爆竹和相应的钱物。给完第一遍，队伍便又振奋精神，群声高歌，不达到既定目的决不罢休。接下来转往第二家、第三家……

这样闹到夜深，去土地庙前“杀”了灯，各自才揣了钱物回屋睡觉。一路迎了夜风，感觉幸福就这样紧紧围绕在身边。

老街

我被喊出教室的时候，母亲手拿麦帽正在墙外的井台边扇着风，她穿着一件干净得体的褂子，脸上的微笑像盛夏的阳光一样令人印象深刻。她招呼我到她身旁，递给我一本新买的新华字典。她肯定留意了我的着装，从头到脚打量我，最后决定给我买身衣裳。她几乎没有多想便将我带到街上，精挑细选给我买了一件外套和一条喇叭裤子。1985 年的喇叭裤正在盛行，大街上的青年男女都在这种炫酷的服饰的装扮下得意忘形。我自然不例外。虽然我只是一名即将毕业的小学生，但我以拥有一条喇叭裤而自豪。这种美好心情持续了多日，让我在孤独中体味到一丝惬意，像一株在寂静中得到阳光与和风眷顾的葵花。

其时母亲已是别人的母亲，她嫁在十里远的一个村庄，丈夫是个乡村医生，生活相对富足。我们在年节虽能见面，但平常不易见到。见一次面要走十里远的泥泞路，穿过若干个村落，心情既忐忑又欣喜。

得知母亲第二次来到老街，是她到乡卫生院结扎。这是我在街上听一个熟人说的。我抑制不住兴奋，但是等我赶到圩脚下的乡卫生院时，母亲已经走了。我似乎隐约看到母亲躺在一台板车上，前面一个人吃力地拉着她，慢悠悠地朝着远处的村子走去。夕阳在板车周围织成一圈好看的光线，彩虹般填满我的心胸。是的，还有渐次升起的雾霭，黄昏对于老街而言可谓充满诗情画意，一条临街穿行的信江则是这种意境中最具感染力的点缀。有谁会对这种悲怆而浩瀚的情愫无动于衷？反正我感觉自己快要落下泪来。

我期待在老街邂逅更多的奇迹。这种思绪像一根绳索，牢牢地牵引着我，迫使我不断在人群中寻找并等待着。然而更多的时候老街带给我的是周而复始的喧嚣和嘈杂，我所看到的人与我具有同样的焦虑，他们要么挎着篮子和包袱，要么扛着一根扁担或一袋化肥，心事重重地行走在老街光滑而粗粝的青石板上，为各自的生计而寻觅着。或许喧嚣的集市会掩盖并冲淡一切，就像我在面对喧嚣的老街而暂时忘却了内心的痛苦一样。只是一旦尘埃落定，那些最初的愁绪无不纷至沓来，重新占据心灵的角落，叫人欲罢不能。

在老街的唯一一次伤害记得是跟一位高姓女生打闹，打闹过程中不小心弄哭了高姓同学，想不到她最后竟叫来父亲。她的凶蛮的父亲不由分说，抱起我住校的被子就往家里走，一路骂骂咧咧，没有丝毫协商的余地。他大概是以此惩罚我对他女儿的伤害。那个晚上我蜷缩在只有一张草席的空荡荡的竹床上茫然四顾，身上仅盖着一件单薄的我尤其喜欢落日的黄昏。集市刚散，街上散落了些青菜叶子和孩子们丢弃的冰棒纸屑，间或有裹着牛粪味儿的炊烟从一些陈旧的瓦屋上升腾起来，与流光溢彩的老街相映成趣，别提多温暖。

褂子挨到天明。四到五年级，我是少有的几个住校的人，为的是多点时间读书，而不是把时间浪费在奔走的路上。此次高姓同学的家长搬走我被子所带来的伤害，不但伤了我的自尊，更触动了我内心的隐秘部分，想起打小没有大人关爱的自身，这种感受就像针扎在心尖儿上。

事实上，老街更多给我展现了一幅诗意般的画卷。我尤其喜欢落日的黄昏，集市刚散，街上散落了些青菜叶子和孩子们丢弃的冰棒纸屑，间或有裹着牛粪味儿的炊烟从一些陈旧的瓦屋上升腾起来，与流光溢彩的老街相映成趣，别提多温暖。是的，还有低旋的鸽哨声，它们在老街和田野的上空追逐盘旋，将我喜爱的黄昏渲染得热闹而富有情调。此刻的我必定要夹一本书穿过老街，来到街西头的信江河畔，朗读或观赏落日就只能依我了。身后不远处的禾苗正在拔节，自然界的万物都在按部就班地生长，使得我的内心瞬间充满了感恩。这一切未必会久留，但一定值得一生去珍藏和回味。

我以全校第二名的成绩考入初中是在1986年的盛夏，阳光很暖，田野一派丰收的景象。那天我特意拐到老街去看了看，我耳畔持续充斥着打铁声和嘈杂的叫卖声，菜蔬新鲜的色泽和空气中金属的吼叫组成老街别样的景致，这是改革开放初期的南方小镇，我感受到了它的呻吟和狂躁，一种发自泥土深层的断裂和咆哮正沿着老街的方向一路奔袭而来，裹挟着暴雨来临前的雷电和狂风。

远离老街已成必然。直到三十年后我见到它时，这条生命中的老街已被时间之手拆成残垣断壁，一颗钻出墙缝的苦丁菜成为整个春天的意象，她是那样形单影只和郁郁寡欢，像极了一个被岁月遗忘的孩子。而细雨冲刷下的石板小径，泛着青光，像面时间的镜子，正在努力还原老街的过往。整条街上已经人去屋空，檐下的雨滴静谧而沉重，在我内心掀起一阵持续的轰鸣。

同行的有官卿和平先，他们边走边窃窃私语，全然未注意到，在一堵残墙的边上，我也站成了一株废墟中的野葵花。

烧“塔”

小时候的中秋节，最有趣味的事莫过于烧塔了。

“塔”是瓦砾结构，层层叠砌，最后垒成状似塔的物体，即算是大功告成了。然而我们却未见过真塔的，历来都依照门前山上凉亭的形貌来设计心中的塔。只是凉亭也不像凉亭的，凉亭有柱子，而垒塔却要垒成囤粮的屯子形状，四周需严实了，方能在点火时烧出情趣来。

垒塔虽是白天的事，却不敢垒早了，早早垒好了怕让猪给拱了。于是多选在午后。刚吃完中午饭，我们就奔走全村捡拾垒塔的瓦片，最好还能发动手下的小兵，让他们去村边拾些烧塔的柴火来。一般就捡来老去的竹叶和竹壳，堆放在晒谷场上，像半个小山样。

晚上月亮出得早，日头落山不久，淡淡的铜盘样的满月就泊在东方，并缓缓向村庄的上空挪近。等夜幕降临，那挂在村东枫树梢上的月亮撒下她圣洁的光芒，把节日的村庄辉映得愈发生动而温馨。往往我们来不及等大人切完桌上的月饼，便早早去到晒谷场，一路上随着奔跑速度的加剧，那揣在衣兜里的熟花生，一只只像调皮的孩子蹦跳到了地上，然而却是顾不得去捡它的，晒谷场上早已是火光一片了。

晒谷场上人虽众多，却少有吵闹，各自蹲在自己的塔前，看上去投入得很。塔的背风的一面都留有灶口，往灶口填进去焦干的柴火，火焰便肆意从瓦砾的缝隙中冒出来，天虽有些凉气，但靠近塔边却感到有股无尽的温暖。这样烧得久了，瓦片渐渐红了，这时大伙儿将从家中偷来的柴油浇在那红闪闪的塔上，顷刻间见一股巨大的火焰蹿起来，像一头怪兽样要咬人的鼻子呢。晒谷场上的气氛在这时便进入了高潮，大家唱着歌儿，且手舞足蹈起来，中秋之夜的火光，将整个秋天的日子都映照得分外明朗和生动。

柴火没了，火终是要灭的，况且那垒起的瓦砾渐渐失去了它燃烧的耐性，塔身开始由动摇到倒塌，最后就剩下一堆滚烫的废墟了，看上去它就像一片遭受屠戮的城池。

塔已不成为塔了，那被镇压了一千年的白蛇娘娘此刻该得救了吧？而那凶狠阴毒的法海也该让螃蟹叼了去，变成那个永不能见天日的蟹黄了。

南方初秋的夜晚温凉适宜，邈远的天穹流动着无边无际的刚蓝色，星星和月亮裸露在刚蓝色的厚度之外，看上去，似乎很简洁并具有穿透力。在村庄四周，一切都归于静寂，那些喑哑的树和竹林，已成为中秋之夜特有的景致，和谐的美感如烧塔后的残败场景，其实是真正值得留恋和记忆的场景。

登临长城

是的，多年来我始终在期盼一次登临。我期盼站在一种理性的高度来审视历史或者自我。这种欲念像岩浆般爆发出巨大的呐喊，像奔突的火焰一样舐舔着我深藏已久的情感和伤口。

这是1995年秋天的一个平凡的日子。这一天我感觉一双手把我牵引进历史的重围，在群山意象之中我面对汹涌澎湃的历史回声陷入一种前所未有的思索。不曾有任何力量促使我面临一种记忆而感激涕零，但是今天，我的情感的河流却难以阻挡来自秋天的召唤，我的颤抖的双手触摸到一种不同寻常的心跳和幸福。

登临长城，登临一切思想与理念的高度，我眺望到负重的历史在朝我姗姗走来，我听见她背负的巨石发出尖锐的断裂声，这声音延绵不绝，久久萦绕在群山与苍穹之间。这个过程我感觉有泪要模糊我的双眼，感觉有人举起荆条狠狠地抽打我羸弱的身体，让我体味出一种亘古未有的伤痛和孤独。

这个深邃而旷远的秋季，每一种物象都呈现出它固有的深沉与凝重，徐和的秋风掠过它们斑驳的表面，有如清冽的河流滑过它们布满伤痕的身体，使之在历经沧桑与苦难之后体验出一种真实的平和与安逸。

我的目光在这时看见了点缀在绿荫丛中的红枫，那些镶嵌在历史缝隙中的生命，美丽的身姿令我感怀。从它们脸上我读出了什么？灾难深重的往事就藏匿在它们内心，我读出了一种饱含泪痕的倾诉与呐喊！是的，洒落在它们身上的血迹足以证明这一切，这种刻骨铭心的记忆将令我们回味和咀嚼一生。

登临长城，我感觉自己多像一粒漂浮的沙尘，在这明朗的秋日，有谁能沿五千年文明的脉络触摸我细微的颤音？又有谁能在历史的垛口窥见那一抹静止在秋天背景中的身影？是的，我的周围就是这样持续地响彻着一种思想和骨骼的声音，正是这种具有巨大张力的翅膀掩盖了我的身体和呼吸，使我如同一只置身于茫茫沙海中的贝壳……

花台的月亮

一开始我并未留意那轮月亮。

一开始车行在黑黝黝的山谷里，我只注意到风在耳边穿梭，树影和怪石在眼前穿梭。一开始我并未留意那轮月亮。

我只注意到山体之上洒有月亮的清辉，那清辉似一层水银在我眼前闪耀。这是一个多么好的天气，我想。夜游花台的心胸顿时豁然开朗。同时我也感觉到同伴心中所涌出的那股狂热与欣喜。他们谈笑风生，大概与晴朗的夜空有关，与即将光临的花台有关。

坐落于群山之间的花台，其实无任何别样的景致，平日谈不上什么游人来这里逗留，只有一些过往的车辆，稍稍能为此平添欢乐气氛并带来些山外的气息。

一个店主，一爿酒铺，数重青山。花台的诱惑力或许就在于此。在夏夜的群山之间把盏对饮，其中所涌动的激情多么令人神往。

果真就饮了一些酒。酒至酣处，我远离了那片嘈杂，独自到店外的公路上走了走。在这一瞬间我目睹到天上的那轮月亮对我所持的注视。那轮皎洁的月，我认为她的高度其实就在我伸手可及之处，那么真实，那么冷峻而又漠然。

是的，我同时感觉到周围类似磁场般的吸引力。我感觉自己仿佛置身于一个无人的境界：梯田里的玉米、山谷中的松林、直入云霄的山路以及眼前伸手可摘的星辰。这些由造物主布置的物景，让我顿时觉得离喧闹的都市有一万里甚至更远。在这个晴朗的夏夜，我或许就是一个来自天上的神仙。

与眼前的恬静、自由和博大相比，我认为身后从那狭隘的空间所爆发出的嘈杂的歌声舞曲似乎有点儿多余，因为那纯粹就是一种干扰和破坏，并非出自好意的点缀。

我认为好意的点缀莫过于此：相邀的三五人闭了灯盏，对着月亮举杯畅饮，醉了之后就地躺在草丛中，听听虫子和星星的呼吸，感受久违了的大自然的滋润及恩赐。

白草畔日出

距京城二百里之遥的白草畔到今年夏天已经是尽人皆知的旅游景点。大家都知道那里的空气清新，高寒次生林和千顷亚高山草甸是当今城里人梦想的好去处。

然而我却钟情于那儿的日出。

白草畔日出，它的魅力恰好在于它的高度。你须站在群山之巅才能领略日出过程中的瑰丽景象，触及它宛若诗歌般柔美的内质。

沿一柱石阶往上，黎明的手指牵引我抵达群山的高处，七月的白草畔，它开始让我尝试类似金秋一样的清凉和惬意。环顾四周，果然就有游人依裹了大衣和棉被，他们的那份诚意，让天上的星斗为之动容。

人们先是看到了山下闪烁的灯盏。那些熟睡中的村庄、山麓和阡陌，在灯光的映衬下凝重而诡秘。即便如此，它们依然摒弃不了人间的本色，待到黎明的面纱拂去，一切都将还原于生活的真实面目。

后来我看到远处的天一点点亮起来，散落在天边的金光，像是谁泼洒的红色墨汁，三三两两，毫无规矩可言。

等待是需要耐心的。而那轮未曾谋面的日头，却似一个含羞的新娘，藏藏躲躲，让人莫不焦虑。此刻，身旁的游人都举起了相机，专注的神情，仿佛在抓拍一场婚礼，以期留住动人的瞬间。

“新娘”露出半个脸蛋儿并最终跃上云端的时候，人们视野中的崇山峻岭顿时暴露无遗。那狭长的山谷、盘旋的公路和簇拥的村庄，原来是那样细微、亲切而浩阔。

然而我却听不到任何嘈杂的声响。那些远道而来的人，和我一样都在安静地分享日出时的壮美景象、早晨的静谧和日照的丝丝暖意。而那些穿大衣的人也开始脱下大衣了，他们寻找角度，选好背景，让相机留住自己的光辉瞬间。

一个人，二三个人，抑或一群人，每个群体与个体之间，其愿望都是相同的，他们追寻的理念在七月的峰峦之间都将得以实现。

不知走下山去会是何种境况，城市的嘈杂声依然要撞击心胸，让人寝食难安。而此时我却是随了众人，在白草畔采集花束，挖掘野菜，饱览胜景。虽然这一切并非都是日出带来的，却是日出赋予的灵气，包括人自身的灵气。

在蟠龙山长城眺望

在蟠龙山长城眺望，眼前延绵不绝的群山像一群士兵在向我注视。那是一群沉寂的士兵的骨骼，粗壮、坚韧而又冷峻。我顿时想象出一副气势恢宏的场面：刀光剑影之中的喊杀，历史的力量所向披靡。而那些穿梭于历史缝隙中的人的身躯，则统统构筑成眼前连绵起伏的山峦。

破败的蟠龙山长城，从东至西，尽是一派荒凉和凄零，石头的形状，有如梦的语言，随意散落且没有章法可循。这是八月的一个午后，和风轻拂石块和绿树，且任意梳理我激情澎湃的思绪。树们的绿手伸展在山洼之中，网状的覆盖，抵挡住山脉本身的颜色。四周郁郁葱葱，历史的生命呈洪水之势蓬勃和延伸。

只有石头长城具备这样的气势。在山脊之上，延绵数十里的长度——一条赋予了山之灵性的巨龙似乎要纵身而起。蟠龙山，一条历史的龙就盘踞其中。

后来我在城墙的垛口坐了下来，或者在敌楼上观望，我感觉我的身份就像是一位守城的兵士，神情庄严而又不失警惕。

其实此刻已无任何人惊扰。你只要观看眼前的绿色——那一望无际的夏天的主色调，你会感觉你是在天边，正驾驶一朵祥云，在自由自在地翱翔。这里远离喧嚣的都市，远离沸腾的河流甚至嘈杂的村庄。你只需一个人，独自品味远古的离奇以及浪漫的神话。

这是一处距离密云城五十公里的古战场遗址。它的平静替代了城市的喧闹。甚至很少有人远足前来领略它古朴的美，或者它的狂妄与犀利。而这一天我就在蟠龙山上，我的脆弱的目光洞察了其中所蕴藏的孤僻和荒凉。也只有在此刻，我才真正感受到一种落寞的守候是多么令人难以坚持到底。

此刻你不妨试试，你站在蟠龙山长城眺望，耳畔会不会有一个声音告诉你：你看到了一道历史的伤痕。

九月十六日，我独自去南湖

我想我该去看看我的湖。一泓蓝的水它在最贴近记忆的角度呼唤我，迫使我于九月十六日这一天，远离我蜗居的寓所。

我显然有些激动。感受来自天堂的阳光的照耀，我的冷漠的心境在片刻间温暖起来，且有种如同苍穹样的旷达和博大、明净与超脱。

我已无法描述我如何深入九月的内核的状况，在公园深处，我清晰地谛听到阳光洒落在树枝的声响。我的阔别已久的小径，它如处子样静卧在草木丛生处，悄悄等待我莅临。

由里往外，果真就看见那一片水，有船泛于湖上，恰似一片片秋叶。其时阳光朗朗地倾泻下来，那船那水，便有了很多晶莹的亮光。由此我的眸子便要湿润起来，九月的情绪油然而生，身外的一切，使我如临家园的腹地，鸟的歌唱是我最熟悉的乡音。

这泓我思念已久的湖，它的博大精深再次感召着我。我似乎觉得自己也快成为一叶船，漂在上面，感受畅快的滑行。这泓深刻的蔚蓝，跟天空一样的颜色，且有着天空一样包容的品性，一切荣辱盛衰，一切美丽丑恶，抑或是最彻底的忧伤和微笑，它都善于接纳其中，具有高尚超脱的风格。

我远远就眺望到那片白桦林。那些我的兄弟，目光依然清凉如箔，在湖的边缘，它们在倾听什么？阳光普照，贯穿它们的心脏与思维，叶的脉络依旧分明，闪烁着水质的光泽。

我便迎了它们的目光去了。我听到我的脚步声在光洁的石板上回响，充满幸福与自豪感。头顶的鸟声斑驳，落满我的双肩。这种大自然最直接的馈赠，我得用我的一生去感恩和怀念。

白桦树，永远是这种静静守候的姿态，那颗高昂的头颅为什么总不肯低下，你眺望到远处的恋人吗？

我依它而立。此刻我愿意成为它们中的一棵，即使目光望穿秋水与黎明，也不后悔自己拥有这种站立。

我是极想在这片林子里寻觅到往日的踪迹，无数次梦中重现的伟岸与正直，给予我深深的崇敬和渴望。白桦林，我最初抵达这座城市的精神寄托，它让我的思想朴实，内心充满异域的温暖和热情。使我一遍遍如临故土，感受最亲切的召唤与抚慰。

那是一种极富耐性的树的集合体，在北方这块黑色的土地上，它们是勇敢的化身，是生命的最富力度的表征。

最后我是看见一抹霞光的，在日落的西天，大师雷诺阿站在云层的高处，运腕挥毫，给九月十六日的黄昏描绘得愈发绚丽多彩。

这时我如一个脆弱的孩子躺在白桦树的根部。我感受到来自泥土表层的暖意，秋天的气息遍及我全身，让我在片刻间消融于一片幸福的氛围。我想我可以安心去睡的，树们的眸子如同灯盏，映照我困乏的额际。

……最后我是看见一抹霞光的，在日落的西天，大师雷诺阿站在云层的高处，运腕挥毫，给九月十六日的黄昏描绘得愈发绚丽多彩。

我想我该去寻找一条回家的路。我寻到了最初踏上的那条小径。那是一条生动的土地的指纹，它的指向是我起居的地方，是我的情感与生存之乡。我想我今后或许就没有忧伤的，孤独也没有，经历了这样一个幸福的日子，我想我会比以前更坚强些，更快乐些。

修路记

全长 1.2 公里、连接余干县城和枫港乡的余洲公路至清水渡万家主干道于 2015 年 12 月 19 日顺利完工。2016 年新年伊始，枫港乡党委书记秦志群和乡长李政带领乡干部、各村支部书记共计 60 余人，在道路两旁栽下被誉为幸福树的香樟树。和煦的阳光下，树苗透着新绿，成为原野中一道亮丽的风景线。

枫港乡地处县域西南，资源匮乏，长期以来道路的不便一直困扰着全乡的发展。此时展开修缮的路段更是让人牢骚满腹。县委书记胡伟站在推动西南片区发展和老区群众脱贫致富的战略高度，十分关注此段道路的改造事宜。县委副书记、县长黄胜富在一次下乡调研听取枫港主要领导的汇报后，千方百计从县财政调度 51 万元用于道路建设。由于该路段改造重修未到乡村公路建设周期，无法单独立项争取国家公路项目建设资金，工程建设仍存在资金缺口。另外乡境内主干道破损严重，急需修补资金10余万元，总缺口近50万元。

鉴于乡财政捉襟见肘，乡党委、政府决定在向上争取资金的基础上，拟发动一次乡友募捐，以弥补资金缺口。期间，县财政局积极落实黄胜富县长指示，及时解决财政资金51万元。县河道管理局也在最短时间内衔接项目，实施了清水渡万家至龙津大桥路段路面硬化工程。枫港乡友心系桑梓，热烈响应。乡友许宗高率先拿出5万元善款汇入指定账户。党委书记秦志群和乡长李政也从微薄的工资中每人拿出五千元捐给了修路基金。此后不到一周时间，彭生茂、程善道、何国荣等36名乡友共捐金额53.5万元。2015年10中旬，道路施工如期进行。乡党委指派水务站站长宋英才会同乡纪检书记胡志远和党办主任胡建标全程协调工程建设。乡友何国荣更是无偿从南昌工地调来28吨重的压路机配合施工，为工期赢得了时间，更为工程质量提供了保障。经过一个多月的紧张施工，饱含枫港乡友深情的“幸福路”顺利竣工。崭新宽敞的水泥路替代了先前的坑洼路，见证了全县上下合力推动老区建设和全乡一盘棋的动人事迹。

2016年1月18日上午9点58分，新修公路全线通车。

送你一朵牵牛花

我常见的牵牛花长在家乡的篱笆上，它瘦小的身躯迎风开放，在烈日下释放着柔美的光泽。红的，粉的，蓝的，紫的，一个个像小喇叭一样嘟着嘴，带着笑颜。乡下也叫它喇叭花，柔弱的一朵，似乎经不起风吹雨打。但它却是我们童年的美好的回忆，我常常会从篱笆上摘下一朵，放在嘴上模仿吹喇叭的样子。

带着对牵牛花的怀念和喜爱，2015 年秋天，我们决定将一项助学行动命名为“牵牛花”基金。事情源于老乡程善道从广东到北京出差，在“太子”高泽民张罗的欢迎宴会上，我们三人提议面向老家枫港的在读贫困儿童，成立一个帮扶基金。一开始并没有想到“牵牛花”这个名字，而是“蓓蕾”，因为曾经在媒体上见到过“蓓蕾”这个诗意的活动命名。我们盘算着在年底给贫困生发一次钱，金额暂定每人两千元，名额是二十个。枫港乡由原来的老枫港乡和禾山乡合并为现在的大枫港乡，这次的助学金计划按两地各十个名额，由乡政府组织名单。

慈善家程善道两年前就开始在老家枫港乡实施贫困生

帮扶计划，每年资助七名孤儿和贫困生，直到他们完成中学学业。我们的活动启动之后，程总主动把他帮扶的学生纳入我们的计划。为了不与其他公益活动名称雷同，最终我们敲定该帮扶计划叫“牵牛花”助学行动。这样加上程善道资助的贫困生，人数一下增加到二十七名。当我们将此情况向枫港乡政府汇报时，乡党委书记秦志群十分赞同，不日便指派党政办主任胡建标落实了二十个名单。但为了凑个整数，我同高泽明和程善道商议，再增加三个名额，正好三十个整数。这三个由我们私下去找，都是穷得叮当响的人家。

2016 年 2 月 4 日上午天气晴朗，首届牵牛花助学金发放仪式在枫港乡政府楼前广场进行。发起人高泽明、程善道和我以及部分捐款人彭国仕、宋禹青等，同枫港乡政府相关负责人秦志群、李政等领导，为枫港籍三十名孤儿和贫困生发放助学金，每人领取两千元并获赠我的新出版的报告文学集《挑瓦罐的人生》。这次在枫港籍乡友群发起的募捐活动，反响热烈，乡友们踊跃捐款，几天来共募集爱心款近十万元，我们更是带头捐款，从三千到一万元不等。针对捐款人，我们制作了荣誉证书，用以颁给爱心人士对家乡教育事业的支持。助学金发放当天，广场上来了很多人，学校不但把受帮扶的孩子们叫来了，连家长也叫了来，没有父母的，就请他们的爷爷或奶奶来接受捐赠。现场有人拄了棍子，也有人坐了轮椅，眼里满含着希冀。

六万四千元就这样发下去了。不日我们接到一位枫港老乡打来的电话，说有两个孩子很可怜，爸爸重病住院，奶奶也得了癌症，家里几乎一贫如洗。这两个分别叫李俊英、李俊豪的孩子，一个刚上初中，一个上小学二年级，平时很少吃过肉饭，读书已难以为继，希望我们“牵牛花”能帮帮他们。我们核实情况后，决定给予他们每人一千元助学金。钱寄到他们手上，亲属发来这两个孩子的照片，表达对“牵牛花”的感激之情。其中一张照片透露，两个孩子正在吃面，碗里盖有鸡蛋，他们自爸爸得病以来头一回露出了开心的笑容，因为吃到鸡蛋了。这对他们来说算一顿好饭。

故事感染了不少人，直到正月初一都有人发微信红包捐款，那天我正在村庄的后山上登高望远，俯瞰村庄沉浸在一片新年的喜庆气氛中，内心汹涌澎湃。恰好这个时候接到乡友李芳媛和程辉祥的电话，分别要求为“牵牛花”捐款一千元。即刻他们便发来了红包。我把此消息发到枫港乡友群，旋即赢得一片赞美之声。

可喜的是，时任枫港乡党委书记秦志群和乡长李政也分别在第一时间，从微薄的工资中拿出五千元和两千元捐给牵牛花基金会，而外乡的张永生、李少华等爱心乡友得知消息后，也纷纷伸出援手，支持牵牛花助学活动，让孩子们深受鼓舞。是的，只要我们人人都献出一份爱心，世界就会少一份贫穷和彷徨。这对于处在生长发育期的少年儿童的身心健康是多么至关重要。

牵牛花正因为有了阳光和雨露的滋润，才能生长茁壮；有了篱笆或岸堤的庇佑，才能无忧无虑。那么小小的一朵，可人而娇柔的身躯，在阳光下闪着光，释放着诗意般的善意和纯真。那是大自然献给我们心灵的礼物。

是的，2017 年让我们带着爱心继续出发。

在北京签售仪式上的讲话

尊敬的各位来宾、朋友们、余干老乡们：

大家上午好！谢谢各位抽出周末与家人团聚的宝贵时间，出席今天的新书发布仪式。这是我人生的第一次，因此我十分激动和忐忑。激动是因为我的作品的出版能得到这么多亲友们的关注和支持。这里有一部分人在二十多年前就认识并熟悉我，那年我读高三，一部余干历史上第一部学生的散文集《姐姐》的出版，引起不小的震动，估计跟五级地震差不多，这个地震把一些迷途的人震醒了，让他们突然看到希望和奋斗的勇气。我曾先后遇到三个这样的人，他们见到我都说看完《姐姐》这本书之后，改变了他们的人生，坚定了他们生活下去的信心。这让我很感动。而今天忐忑的原因则是，我还不是一个成功的作家，这让我很焦虑和羞愧，感觉有些辜负了大家的期望。有时候我自我感觉良好，但当我遇到了真正的高手之后——比如今天到场的周文海老师，我就会为自己的幼稚感到惭愧。

前天我拜访了目前中国的顶级文学刊物之一的《十月》和《当代》两家杂志社，它们的穷酸样儿让我心里很悲凉，拐角、偏僻、杂乱、冷静，是我对它们的第一印象。在窗外，市场经济的喧嚣和繁荣更加衬托了杂志社的孤寂和幽暗。而与此同时，散发在它们身上的高贵又让我肃然起敬。尤其当杂志社编辑指出我的作品的缺陷和不足，我更显得无地自容。它们的高质量，以及不因世事奢华而改变初衷的信念与执行力，让我由衷地敬佩和叹服。当前，文学虽然貌似边缘化了，但它的精神没死，不仅没死，而且还很坚挺，它内心涌动着的血液和火焰，正在期待一次大爆发。

二十五年前，也就是我读高中三年级的 1991 年，我的第一本书《姐姐》出版，到目前我已相继出版了五本书，从一个字一个字开始写，累计写了二三百万字。而变成铅字的只有几十万字。因为文学，我曾被老师和同学讥笑过，到了上班的时候，又被单位领导“监视”过，感觉写作就像做贼一样总是在偷偷摸摸中进行。但一切外来的阻力都没能动摇我的决心，相反，更坚定了我内心的信念。我不止一次发誓一定要当一名作家，一名大作家。

而对文学的漠视，我记得是发生在市场经济如日中天的 20 世纪 90 年代末期。1997 年，我的 BP 机换成了手机，生活由此发生了变化：每天采访回来，就和同事喝酒打牌。主要是扎金花，像今天到场的原北京电视台同事王敏、艾军还有顾希功老师，都和我一样是牌桌上的主角。打牌打到天亮是经常的事儿。因此，在电视台的那段时间，可以说是迷失和迷茫的阶段。这个阶段我几乎放弃了写作，甚至对它产生了厌倦感，根本没有时间和精力眷顾它。

我一直认为文学和音乐一样具有疗伤的功能，当自己失落和清醒的时候，是文学将我重新拉入到它的怀抱，给我抚慰和医治创伤。而借助文学这个工具来揭示人性并试图唤醒部分社会知觉的时候，则是发生在最近的这两年。从小说人物寡妇、妓女，到假酒贩子和全能神教徒，我内心的觉醒就像黎明之后的窗户一样豁然洞开。那些与文学有关的词汇，如责任、道义、关爱和人类情怀等，纷纷涌入我的笔端，罗列并归纳出一篇讨伐人类灵魂的檄文。我想这或许就是一个作家的道德觉醒，它展现了像音乐一样的质地和美感。

再次感谢今天所有到场的亲友们，你们的正义、胆识以及对真理和理想的坚持，让我获得了共鸣。我希望在你们的提携和鼓励下，重新获得灵感和生活中的美，并期待将这种文学意义上的美，与在座的各位分享。

谢谢大家！

2016 年 5 月 7 日于北京前门“赣味村”

在余干签售仪式上的讲话

尊敬的各位领导、各位嘉宾，亲爱的余干乡亲们：

大家上午好！非常感谢你们出席今天的新书发布会。我怀着忐忑的心情迎接这一刻的到来，当看到你们热切和期盼的眼神，我心里的慌张随之减轻了许多，因为你们还是一如既往地关心和鼓舞着我。从你们身上我感受到来自家乡的力量！

今天距离我的第一本散文集《姐姐》的出版已经整整25年。25年前的1991年，我面前的彭木善老师是我余干中学的英语老师，现在他是余干中学的党总支书记；那年的李才科是我的同班同学，而现在的他是县政协副主席，听说最近又将高升，在此向他表示祝贺！

25年前，文化局的史俊局长还是县委宣传部的报道员，现在他著作等身，先后有17部作品搬上银幕和电视屏幕，还得过戏剧界最高奖——曹禺戏剧奖，成为全县的一张文化名片。

也是在25年前，我带着史俊局长有关我的一篇报道踏进了吉林大学的校门，开始了一个农村孩子的求学之路。二十多年前有太多的往事值得回忆，刘迁京、舒仕高、汤成义、李乃凑、胡名驹等余干中学的领导和老师对我关怀备至，让我的处女作得以出版，并最终被保送到国家重点大学中文系深造。时至今日，依然有很多余干乡友在打听我的消息。一本《姐姐》成了情感的纽带，它让我见证了家乡人民淳朴的情怀。

余干是一片诗意且多情的土地，文化底蕴深厚。眼下我的大部分作品都离不开对这片土地的追忆和描述。毫不夸张地说，只要踏上这块土地，我的灵感便被激活，文字像山泉一样汩汩冒出来。我庆幸生长在农村，对乡村的一草一木都怀有情感。村庄、稻田以及河流，无不构成我的创作素材。我所接触的每一种事物都具有灵性，并深深扎根于我的灵魂。前几天端午节，我突然接到县司法局李若平局长的电话，谈起他看到我写的一首诗，他说是在文化局史俊局长的微信朋友圈看到的，说写得很感人，他随之也在朋友圈转发了。今天借着这个机会，我就用我不太标准的余干普通话，朗诵李局长提到的这首诗《允许我以一条龙船描述水乡》——

谁在水乡以一种犁铧的姿态剪开乡愁
剪开我无处不在的牵绊
那些如稻粟般蓬勃的人群
在五月的沿岸被一场喧嚣覆盖

允许我以一条龙船描述水乡
描述万人空巷和欢欣雀跃
河谷开阔　山脉低缓
我的略显酩酊的乡亲
借助一阙辞赋的意象
在信江之上摆开架势
凭吊二千三百年前的一场壮烈

是的，更远的天空下
禾苗如真理般茁壮成长
真正的感情无须渲染
比如爱情
比如我们生生不息的村庄与河流
以及与之相关联的我们的过往

一群曾经遭遇放逐的骨头和真理
最终被灵魂找回
一条龙船赋予一个节日新的含义
这种水乡的象征
让我们在经年的劳作与岁月的往复中
获得持续的依靠和安慰

多么壮观的表达和抒情
倾巢而出的舟楫在鼓乐的背景里

如离弦之箭驶向远方
而此时我恰如一块信江之石
我听见我的心窝瞬间回旋着一股
澎湃的涛声和旋律

这首诗是我在端午节当天看完龙船之后的有感而发，家乡的气氛再次让我找到创作的灵感，唯有抒发出来才能感觉不虚此行。在我的生命历程中，我始终怀揣着对大自然的敬畏和责任，无论是今天的小说集《寡妇》还是报告文学集《挑瓦罐的人生》，其中所体现的道义和责任一目了然。《挑瓦罐的人生》写的是一群有着正能量的余干青年外出打工、继而创造了一番事业的真实的故事，他们卑微的身世和吃苦的精神，正是当今社会所提倡的一种励志精神。最终他们成功了，但是一路走来并不容易。相比于写实手法的报告文学,我更青睐于以虚构的手法创作小说，它庞大而且具体，具有无限想象和张力。在我的笔端，每个人物都被赋予灵魂，他们没有高贵的身份，像草芥般在命运中寻找支点，而我的责任就是让这些草芥一样的个体在现实中找到对应，从而达到唤醒现实的目的。今天小说集《寡妇》寄托了我的这种愿望和理想。当然，眼下我的很多作品都还很稚嫩，内涵和高度也不够，这正是我目前努力的方向和创作的动力。我记得县委组织部万冬苟部长曾经跟我说过的一句话，他对我说："生茂你不要考虑做什么官，你的任务就是写作，你要在写作上有所建树！"寥寥几言让我深受触动，我想我不再是过去人人同情的农村孩子，我的肩上事实上担负了更大的责任，那就是家乡人民对我的企盼和寄托。多么殷切的托付，从今天来到现场的乡亲们身上我感受到了这种力量。我愿意再次带着你们的目光启程！

去年以来，我和朋友们在枫港乡启动了“牵牛花”助学计划，首批 32 名孤儿和贫困学生在这次的帮扶中受益。而之前，我和在京乡友与县团委对接，资助了五名来自五雷、梅港的贫困家庭的孩子，让他们得以在社会的关爱中体会到温暖和前进的动力。回想到自己在学生时代所受到的社会关爱，今天的反哺的行动是值得的，也是必要的。在这里我没有标榜的意思，我总觉得，一名优秀的作家，应该胸怀家国和弱势群体，他的文字要充满悲悯情怀和社会道义，这样才不失为一个作家的时代风骨和社会责任。

最后我想对组织今天活动的乡根传媒和文化馆馆长徐宏志先生说声谢谢，你们对余干文学事业的支持和传承精神将永载史册。再次感谢各位领导和朋友们的光临指导，祝你们在各自的工作中更上层楼、兴旺发达！

谢谢大家！

2016 年 6 月 18 日于余干县文化馆

在吴仕民长篇小说《铁网铜钩》座谈会上的发言

尊敬的吴仕民主任、陈虹老师，各位乡友：

大家上午好！

今天我的身份特殊，既要客串主持人，又要准备发言稿就长篇小说《铁网铜钩》谈谈自己的感想。主持我是外行，而对于谈《铁网铜钩》的看法，则更要显得诚惶诚恐，因为面对一个陌生的写作环境和作者所营造的气势磅礴的小说场景，我确实不知从何说起。我十分佩服作者的这种驾驭能力，尤其是他能在繁忙的工作中抽出时间创作这么一个“大部头”，这不是常人所能理解的。

文学创作，尤其是长篇小说创作，是一个非常辛苦而且漫长的过程。我创作五十万字的长篇小说《北京房奴》耗时两年多，修改又花了大半年，最终因为市场原因一度被出版社搁浅。最近房地产话题好像又热了起来，出版社找到我说要帮我出版这部小说，目前我正在应出版社的要求再次投入对该小说的修改，其中揉进一些出版社认为“时髦的”章节或细节。等待了近十年的长篇小说今年有望跟广大读者见面。

同时我认为文学创作又是一个美妙的过程，就像写情书一样，可以把自己喜欢的话或者思想写进内容里，以期达到所要表达的意思。我记得在上初中二三年级的时候，几乎每个晴朗的黄昏我都要跑到学校前面的小河边读小说或者写诗。别人在不远处的稻田边叽里呱啦地读英语和时事政治，我却沉浸在文学的氛围中不能自拔，那种美妙情境就像梦幻一样令人着迷。

文学之路一直是个孤独的旅行。只有等你取得某些成绩的时候才有可能会得到鲜花或掌声。今天，我从前辈吴仕民主任身上隐约读到了这种辛酸的过往，三十年构思一部小说，之后又花三年时间独坐空房进行创作，他的时间、精力以及额外的喜好都将耗费在文学上，这既是毅力的体现，也是一种信念的支撑。

巴尔扎克被誉为“现代法国小说之父”，他曾经说过一段经典的话：“小说被认为是一个民族的秘史。”他的这句话曾经被中国当代著名作家陈忠实借用到他的长篇小说《白鹿原》的开篇。显而易见，在我们的阅读经验中，无论是巴尔扎克的《朱安党人》、《人间喜剧》，还是马尔克斯的《百年孤独》和《霍乱时期的爱情》，以及中国现代文学巨匠鲁迅的《呐喊》或《彷徨》，里面所呈现的历史遗痕和社会阴暗一目了然。

今天，我们在吴仕民先生的《铁网铜钩》中也听到了历史的号角，在纵横百里的鄱阳湖水域，我们撩开家族恩怨的面纱，发现民族精神更加气势磅礴，在国家存亡的危

《铁网铜钩》洋洋洒洒三十六万多字，它是作者吴仕民先生内心乡愁的完美呈现，看看小说中我们耳熟能详的地名：鄱阳湖、马背嘴、康郎山和忠臣庙，正是这些萦绕在作者内心的情感铸就了他的笔下的文字，它是那么柔美、激扬和动人心魄

急关头，摒弃旧怨、携手抗击外来侵略是小说力求提炼的精华和亮点。在此作者写道：“日本人是心腹大患，村子间的争斗只是手足之痛。”“各类抗日武装利用湖面、港汊、洲地、芦苇滩，以各种方式打击日本侵略者。鄱阳湖又一次成了战场，湖面上时时阴云笼罩，湖水也变成了灰暗的色调。”这些场面的还原，为后来者了解过去那段经历提供了借鉴和参考。这也正是文学在历史中的独特地位。

此外我十分欣赏吴仕民先生的细节描写和人物内心的刻画，譬如赵仁生劝说母亲为抗日捐戒指，就把一个农村妇女的个性描绘得栩栩如生，这位母亲没有高尚的“国家”观念，而是一个藏着私心的人。“在她看来，捐出这戒指与其说是为了响应政府号召，还不如说是为了遂儿子的心愿”。同样，在写到余南县县长黄中和的时候，人物性格的刻画也是入木三分，起先黄中和是赞成抗日的，但当“缺耳人”朱二的一番劝降，他终于违背民族大义，与皇军和汉奸走到了一起。小说的这种描写是符合背景要求的，也

即是在某种状态下，人性是有缺陷的，因为人都有追求荣华富贵的本能。而与此形成鲜明对比的是，“在铜钩村，仁生架起了铁砧，拉起了风箱，点着了火炉，他在组织人打造大刀长矛和枪支，准备抗日。”这种对比手法，使一个有血性的英雄形象跃然纸上，从而提升了小说的艺术高度和它的趣味性。

鬼子在佘南县的烧杀抢掠何其残忍和猖狂，作者在描写义生的老娘、媳妇和一岁儿子惨遭蹂躏和杀害时，内心是怀着怎样一种刻骨的仇恨：“另一个鬼子见义生的儿子在地上蹬着小腿不断地哭闹，端起枪，把刺刀插进了孩子的双腿之间，然后举起来，一边嬉笑着，一边在空中旋转着玩乐，再又一用力，把孩子甩出好远”，这些细节描写既为制造矛盾冲突埋下了伏笔，又彰显了作者自身的“写作良心”。人类没有无缘无故的爱，也没有无缘无故的恨，作者的良心正是体现在历史的反省和人类道德的立场上，是社会乃至整个世界的正义之声。

《铁网铜钩》洋洋洒洒三十六万多字，它是作者吴仕民先生内心乡愁的完美呈现，看看小说中我们耳熟能详的地名：鄱阳湖、马背嘴、康郎山和忠臣庙，正是这些萦绕在作者内心的情感铸就了他的笔下的文字，它是那么柔美、激扬和动人心魄。它给予我们的意义绝不仅仅是这些文字本身，而是文字之外的一些思索。那就是，当我们处在优越的环境中生活、学习或者享受天伦之乐，我们是否愿意回忆数十年前的血雨腥风的年代，祖辈为了家国存亡而付出的代价和牺牲？在今天的优越条件下我们是否还愿意为了民族存亡和社会责任做出自己的一份贡献？！如果领略了这些要素，应该也读懂了小说的全部意义。

我的发言完了，谢谢大家！

2016 年 7 月 24 日于北京前门

第二辑

人物篇

此次活动最引人注目的是为湖滨学校捐赠的"爱心书屋"和"爱心午餐"。两千多册新书陈列在阅览室，照亮了孩子们的眼睛。香喷喷的午餐则为那些每日以咸菜干饭充饥的七十五名孤儿和贫困学生带来了甘泉般的给养，让他们屡受创痛的心灵得到抚慰。

茫茫人海中到处是陌生的背影，一列从鹰潭开出的绿皮火车将这个浑身裹满泥腥气的青年带到了千里之外。故乡渐行渐近，慢慢模糊成了一个小黑点儿，在天空下释放出一缕淡淡的愁绪。

他像个失去依靠的孩子，常常一个人黯然神伤。他最后悔的就是没有对父母再好点儿，忽略了对他们的陪伴。

一腔热血报桑梓

从小办事员到布匹店老板，最后到商界投资大腕，彭兴国一路荆棘，一路歌唱，用智慧与魅力叩开了财富大门，成为红土地上的风云人物。2016 年 9 月 10 日，正值第 32 个教师节到来之际，彭兴国投资五亿元兴建的江西省首家 020 城市综合体——九江德安县万象广场迎来开盘日，并为这一天到场的每位教师客户优惠五千元，一时成为当地美谈。

将电商平台、城镇智能生活、智能城市建设融为一体，这是彭兴国和他的团队倾力打造万象广场的初衷和愿景。位于九江市德安县老城区繁华中心的万象广场，总建筑面积达 7 万平方米。规划建设一座集电子商务、购物、休闲、娱乐、餐饮、商住为一体的德安首家一站式互联网体验式、全渠道 020 城市综合体。据悉，老县城棚户区改建项目——德安万象广场全渠道 020 城市综合体，是经江西省、九江市和德安县批准建设的全省老城棚户区改造重点工程，是适应江西省供给侧改革重点示范商城，也是全省物联网、互联网、电子商务线上线下商贸流通商城。

万象广场的全渠道020战略定位，是以移动互联网的现代生活需求为切入点，打通县域市场最后一公里，实现“互联网+实体店”的跨界融合，从而改善百姓的消费环境、拓宽消费方式、激发消费潜力。彭兴国介绍，虽然德安县城只有十几万人口，但万象广场动工至今，已有肯德基、上海华联超市、中影院线以及众多知名服装品牌加入。显然，真正吸引这些大牌的，已经不再仅仅是以往零售思维中“地段为王”的传统商业思路，万象广场将通过开发自有的APP以及拥有广泛使用基础的应用软件“微信”整合功能链接，打造区域全业态线上线下体验平台，形成“互联网+社交+商业”的新型商业模式。此外，万象广场将力求文化与商业、艺术与商业的完美融合，将互联网物联网文化、生态文化、民俗文化融入商城，打造城市百姓的“会客厅”。

业已落成的德安万象广场，将颠覆传统商业模式，在全省首创“五个一”的战略规划，即一城一极、一城一店、一城一云、一城一卡、一城一业，实现商场的精细化管理。与此同时，利用互联网技术打造城市的全栖商业智能平台服务商，延伸社会化的功能性服务，将“电子政务”、“电子商务”、“智慧生活”统一纳入到平台中远期建设当中，逐步实现涵盖民计民生的城市信息管理系统以及本土化的娱乐生活服务圈，为当地政府及百姓提供完备的数据服务和便民利民信息平台，积极融入参与到“智慧城市”的开发建设中。“万象”的诞生，为众多正在寻求创新的企业机构做出了一个有益的探索，走出一条江西商业崛起之路，打造出“美丽江西”的德安商业典范！

提起万象广场建设者彭兴国的创业之路，最早可追溯他在老家余干的求职经历。中学毕业后，他成为禾斛岭垦殖场的一名员工，并被派往禾斛岭垦殖场驻南昌办事处。爱人张桂新就是在这个时候谈的，两人相敬如宾，将小家庭维护得温馨可人。他从办事员做起，凭借一股勤快劲儿，先后被提到办事处副主任、主任的岗位上。然而正当事业如日中天之际，他却突然停薪留职，下海做生意，有些让家人想不通。但去意已决，彭兴国揣着不多的一些本钱，到市场进毛毯和鞋袜放在地摊上卖，每天起早摸黑，风餐露宿。1995年，他带领四弟彭兴青携带摆地摊挣得的第一桶金，进驻南昌最大的洪城大市场做纺织品布匹生意，他们在市场租了个二十平方米的店面，年租金1万元，生意做得风生水起，每年销售额突破20万元。由于经营有道并舍得吃苦，彭兴国的财富呈螺旋形上升，至2016年，他的店面的销售额达到6000多万元，店面也已扩大到六个，面积近二百平方米。产品已由低档面料发展到高档的羊绒、毛料和真丝等数十个品种。彭兴国本人也由过去的洪城大市场商会布匹分会会长提升为洪城大市场总商会副会长。

2006年，彭兴国涉足房地产业，成立江西洪达地产有限公司，首次以2000万元并购位于南昌江大南路的星都宾馆，面积达6000多平方米。之后又出资3000多万元收购抚州市赣东大街繁华地段占地 7000 多平方米的服装百货商场，取名为“女人街”，一时门庭若市，生意火爆。借着这股气力，彭兴国四处突击，在全省各地圈地购房，势不可挡。直到 2010 年他运作德安万象广场综合体，心稍稍归于安静。这个总投资预计超过十亿元的地产项目，真正让他找到了投资的兴趣和前进的方向。这同样是在黄金地段上的项目，商业规划占地 5 万多平方米，住宅占地 1 万多平方米。安置住房 80 余户，安置价每平方米 25000 元，比市场价足足低一半，让拆迁户心满意足，纷纷配合万象广场的施工建设。

彭兴国的父亲彭乐水当了三十多年的大队书记，一生为人厚道，与老伴生有七个子女。这位德高望重的村支书教育子女的方式就是要求他们做事勤快，并要懂得感恩。支书在世的时候是邻里和睦的润滑剂，更是村民致富的带头人，他的一言一行深深感染了子女们，对在家排行老二的彭兴国更是有切身的体会。在外打拼有了些起色之后，彭兴国先后将老三、老四、老五以及妹妹金香、侄子保华等二十几名亲戚带到身边做事，手把手教他们做生意。侄子保华中学毕业后，正苦于无事可干，人生陷入迷茫，是大叔兴国第一时间把他带到身边。从最初月薪一百多元到后来的三四千元，最后又在叔叔的帮扶下开店经营布匹、年收入过百万，保华的人生经历浸染了叔叔兴国的心血和汗水。

彭兴国将这份对家族的关爱延伸到社会。每年六月份高考他都要在商会组织 400 多辆私家车接送考生，尽一份社会义务。在汶川、玉树两次地震中，彭兴国也是带头捐款，商会两次总共将二百多万爱心款送到灾民手中。2016年春节，当彭兴国听说老家村里要建老年活动中心，他二话没说，积极奔走筹款，将20多万元资金交到村集体的专用账上，解决燃眉之急。而此刻一桩更大的计划在他的内心酝酿：江西彭氏宗亲一致推举他担任首届“江西彭祖文化研究促进会”会长，全省上百万彭氏家族成员翘首以待，期望宗族的领头人搭建平台，实行互通有无。目前各项工作进展顺利，在彭兴国的奔走下，已组建起了包括老家余干县以及武宁、永修、修水、德安、星子、彭泽、都昌、安义、新建等地的分会。

可喜的是，随着万象广场一期工程的竣工并投入使用，众多岗位虚位以待，可一次性解决两千多名德安当地人的就业。它的落成不仅吹响了彭兴国全省零售业扩张的号角，更为心怀桑梓的彭兴国搭建了回报社会的宽阔舞台。

施文洲的美食情怀

春节刚过，一则施文洲荣获“2015中国餐饮优秀企业家”称号的消息在微信朋友圈不胫而走。据江西网络广播电视台报道，刚刚由中国烹饪协会主办的2015中国餐饮优秀企业家颁奖盛典上，上饶市龙潭湖宾馆总经理施文洲因在赣菜研发和推广方面做出的重要贡献，被授予中国餐饮优秀企业家荣誉称号。江西省仅两人获得该奖项。

这个消息显然余干人更感兴趣。因为曾担任余干宾馆总经理的施文洲是余干美食界响当当的人物，在职的十几年间，他带领团队研发了一百多道余干本地特色菜，其中三十多道成为招牌菜。经施文洲和其团队长期宣传推广，余干菜在全国屡屡获得大奖，受到越来越多的关注和喜爱。媒体也曾多次报道过施文洲，称其“用余干菜振兴赣菜”、“让余干成为赣菜系的重要组成部分”。

施文洲出生在余干县江埠乡黎背村，家有六兄妹，他排行老五。江边长大的施文洲对河流情有独钟，小时候家里穷，经常饿肚子，所以对美食特别感兴趣，为此经常跑到河里去捉鱼，到山上挖菜，回来做给家里人吃。也经常帮父母干农活，对土地寄予了深情，以至于后来他把这种眷恋带到他的工作中，创造性地作了衔接和深化。

施文洲被推举为余干美食协会会长之后，深感肩上的担子很重。余干菜生态，有味，但不成体系，重要的食材很散，不成气候，被客人认可的多，往外界推广的少。针对这种情况，施文洲首先组织人员编写余干地方菜谱，让每一道菜都标准化，以定其味；第二步，集合余干各地特产，引导民间成立了美食食材配送中心，以定其料；第三步，用政府搭台、民间唱戏的手段，鼓励一帮人到外地开余干美食店，以定其势；最后，积极申请政府支持，开设厨师培训学校，向外地的余干美食店输送厨师人才，以定其形。施文洲通过以上四步打造他的美食王国，并初步达到了他的愿望。

余干美食源远流长，不少美食都蕴含着独特的历史文化，“余干辣椒”、“银鱼泡蛋”、“红烧甲鱼”以及“黎蒿炒腊肉”和“流浪鸡”等，据说都与历史上的乾隆、朱熹、朱元璋和陈友谅等名人有关。2011 年 7 月，余干县政府根据施文洲的提议，提出了建设“美食余干”的战略目标，同年 10 月，由施文洲组织策划的“鄱湖风光宴”荣获首届中国赣菜展示暨江西餐饮博览会（第一名）以及“中国赣菜特色名宴”等奖项；2012 年 9 月，“鄱湖风光宴”再次在澳门“第三届中国餐饮业博览会”上大放异彩，荣获商务部、澳门特区政府颁发的“环保展台嘉许奖”、“最佳组织奖”、“最佳展台设计奖”。中央电视台新闻

施文洲出生在余干县江埠乡黎背村，家有六兄妹，他排行老五。江边长大的施文洲对河流情有独钟

综合频道也对施文洲和此台宴席进行了专题报道。

在中国八大菜系中，川菜以其麻辣调味著称；湘菜以煨、炖、腊、蒸、炒诸法见长，早在汉朝就已经形成菜系；即便起步较晚的粤菜也深得民间的推崇，在世界各地甚至与法国大餐齐名。其他的如鲁菜、徽菜、闽菜、淮扬菜和浙江菜，都各具特色，在美食王国争奇斗艳，独霸一方。然而在形形色色的“奇花异草”中，唯独不见赣菜的玲珑身姿。这对于作为江西老俵的施文洲来说，多少不免有些遗憾。然而在他看来，吸天地之灵气的赣菜虽不在八大菜系之列，但其独具特色，是中华菜系家族中不可或缺的成员。赣菜选料广泛，主料突出，注重刀工，制作精细，在烹饪上突出“原汁原味”；在原料选取上，崇尚绿色、生态、健康理念。江西的生态环境很好，取自本土的料都是绿色健康的，如鄱阳湖的野生鱼类、井冈山的竹笋、军山湖的大闸蟹、余干的辣椒等。所以赣菜在广大国人追求健康饮食的当下，不久的将来一定会异军突起，声名远扬。

而施文洲的人生方向正是致力于赣菜推广，从而让更多的人享受到健康、环保的赣菜美食。

2012年4月，中央电视台《乡约》栏目组走进余干，隆重推介被誉为“梦里水乡，候鸟天堂，美食名郡”的余干。一时间，余干美食名声大噪，引来万人瞩目。接下来的2015年秋季，近三十分钟的专题片《生态余干，美食之乡》在香港凤凰卫视热播，更是引起极大的关注。片中借用《舌尖上的中国》背景音乐，将烟波浩渺的余干胜景以及令人垂涎的余干美食抒发得淋漓尽致。施文洲不仅善于吸引人的味蕾，也善于借助“乡愁”来感染和渗透一个人的灵魂及精神世界。看过专题片的人无不产生这种联想和感慨。

因组织需要，2015年底施文洲调往上饶市龙潭湖宾馆担任总经理。2016年新春伊始，在龙潭湖宾馆举行的野山菌美食节开启了施文洲的履新之旅，他依然是那样游刃有余和志在必得，将美食节和上饶的旅游文化嫁接得天衣无缝。新的岗位上他又有了新的思路，他毕生愿望就是将家乡美食推上世界舞台。

“孩子王”吴少锋

吴少锋在石口湖滨学校的讲话抑扬顿挫、饱含深情。这个初秋的正午，他代表广东余干商会向该校及另两所学校捐赠六十余万元的现金及各类物资，赢得现场三百余名在校师生的热烈掌声。此次活动最引人注目的是为湖滨学校捐赠的“爱心书屋”和“爱心午餐”。两千多册新书陈列在阅览室，照亮了孩子们的眼睛。香喷喷的午餐则为那些每日以咸菜干饭充饥的七十五名孤儿和贫困学生带来了甘泉般的给养，让他们屡受创痛的心灵得到抚慰。作为精准扶贫的一部分，此次广东余干商会可谓做出了表率，他们的系列捐赠得到县委县政府的热烈响应和支持。

让吴少锋关注湖滨学校的起因，源于年初他对该校的一次拜访。校长跟吴少锋提起一位老人为了孙女上学，竟跪倒在他面前要求减免学费，因为家里实在拿不出多余的钱供孙女读书了。类似的情形时有发生，让学校左右为难。此事在吴少锋心里产生震动，一衣带水的乡亲还这么贫困，作为在外创业并小有成就的他不能视而不见。金秋九月，他和他的商会成员们捐赠的书籍、衣物等物资运抵余干，开始了一场反哺之旅。

活动间隙，吴少锋祭奠了祖上的几位亲人。在老家山上，树木葱茏，人迹寥落，他焚香叩拜，难掩思念和感激之情。不远处是千顷良田，霏霏细雨中，他与故乡完成了一次零距离接触和对话。空气中的喧响由远及近，像喧嚣的鼓乐和疾驶的马蹄声。是的，昔日的旷野上，作为孩子王的吴少锋曾率领村庄的众弟兄摸爬滚打、纵横乡里。当其他家庭的孩子还在跟随父母汗流浃背地在稻田抢收抢种的时候，吴少锋的兄弟们早早就把他家的农活干了。而作为“老大”的他则坐在树荫下哼起流行歌曲并幻想着漫无边际的爱情。当然时常吃到弟兄们敬献的时令瓜果那也是再正常不过的事。

吴少锋的“帝王生涯”在 1993 年的正月戛然而止。十八岁的他要学会挣钱养家了。他只身来到厦门，先是做保安，后来贩起了冰棍，一辆破旧的自行车驮起他卑微的青春走街串巷，还原了来自乡下青年的不屈的灵魂。在这年年底，他独自还清了家里所欠的五千多元外债。看着父母舒心的笑容，吴少锋一颗悬着的心落地了。他不但在家成为顶梁柱，还在村子里成为倾慕的对象。由此收获一个叫吴建妍的同村女孩的爱情便水到渠成。“村里的一枝花”，吴少锋在表述这段令人钦羡的爱情时，显得是那么含蓄而意味深长。

1998 年是吴少锋的转折之年。这年春天，在福建海

2015年12月26日，广东余干商会隆重举行周年庆典。吴少锋在数百名会员和全国各地兄弟商会会长的面前慷慨激昂，坦陈心迹。他显得是那么气定神闲和沉稳自信。

壹食品饮料有限公司做了两个月业务员的他被老板委以重任，负责闽南地区的产品销售，并准许他承包福州五个区的菜市场的火锅料代理。吴少锋牢记这种情分，在市场上纵横驰骋，攻克一个又一个堡垒。最为成功之处就是帮海壹公司打开了广州这片处女地市场，第一年卖了 20 多万元，第二年 370 万，第三年达到 700 多万元。此后连续三年夺得全公司销售冠军。此间，吴少锋的私人皇冠牌高级轿车横空出世，开启了一个打工者的光荣与梦想。

很快吴少锋便从海壹辞职了，他注册了自己的公司，并创立火锅料品牌“海美瑞”。从销售总监到经销商，角色转换得如此之快，既给吴少锋带来了挑战，也带来了千载难逢的机会。一路上他游刃有余，生意做得风生水起。几年时间他的公司在广州市场逐渐坐大，年销售额几达亿元之巨。他在广州、深圳、东莞多地设立办事处，销售网络覆盖珠三角，并延伸到周边省份。

随着交往的增多，吴少锋的社会职务也不断增加。然而在一系列社会头衔中，他最钟情的莫过于广东余干商会会长这个职务。2014 年 9 月 13 日，广东余干商会在广州成立，老乡们推举吴少锋担任首任会长。四五百人的商会队伍将昔日沉寂的打工仔推上风口浪尖，他的每个动作都足以引起社会的关注。

余干著名书画家江治安老先生应邀为广东余干商会题写勉句“余干精神”。挂在商会醒目位置的四个大字刚劲有力，寄予了家乡人民对在外游子的祈福和嘱托。它的含义既有余干人重情重义、敢做敢当的做派，又有吃苦耐劳和肝胆相照的豪爽与耿直。这种概括也恰恰是对商会当家人吴少锋的真实写照。

2015 年 12 月 26 日，广东余干商会隆重举行周年庆典。吴少锋在数百名会员和全国各地兄弟商会会长的面前慷慨激昂、坦陈心迹。他显得是那么气定神闲和沉稳自信。一年来在他的带领下，商会可谓名声在外，拍电影、成立余商投资公司以及加强与省际和县域兄弟商会的联络等方面，让商会游刃有余。一条可持续发展的新途径清晰呈现。对于商会的未来发展，吴少锋这个昔日的“孩子王”可谓胸有成竹，他既要把商会打造成“温馨之家”、“财富之家”，又要把它打造成一个正能量平台，让身边更多有梦想的人在这里找到展示自我的机会。同时让商会发挥更大的参与功能，让社会的弱势群体在这个饱含激情和奋发有为的精英平台获益。

泥浆中摔打的青春

十九岁的余新宽从将军洲割完水稻之后，和同学罗建生结伴踏上了去往石狮的打工之旅。他身背一块毛毯，揣着七姐余秋娥给的一百元路费，行走得小心谨慎。茫茫人海中到处是陌生的背影，一列从鹰潭开出的绿皮火车将这个浑身裹满泥腥气的青年带到了千里之外。故乡渐行渐远，慢慢模糊成了一个小黑点儿，在天空下释放出一缕淡淡的愁绪。

余新宽投奔大姐夫汤庆仁来了。大姐夫在石狮一家砖厂烧砖。但砖厂已经不要人了。余新宽和同学挤在姐夫狭窄的通铺上浮想联翩，指望能在这个陌生的异地站稳脚跟。他们吃着粗茶淡饭，一大早就出门找事做。他们最远到过晋江。路上来回的花销，让余新宽和罗建生很快就囊中羞涩，两人身上加起来才二十块钱。他们舍不得吃饭，饿了就拔人家种在地里的红薯充饥；但坐车却遇到了麻烦，试图逃票时，结果被司机和售票员打了一顿。当地人看不起外地乡巴佬，这在 20 世纪 90 年代的福建成为普遍现象。

这个阴郁的午后，像耗子一样灰头土脸的余新宽二人在一条回石狮的路上遇见一个骗子。他们当时并不清楚对方的身份，只知道对方会帮他们找工作。找工作需要介绍费，于是余新宽他俩把身上仅有的二十块钱交给了骗子。他们在一座废砖窑上安心等待骗子带来的好消息。结果一等就等到天亮。深秋的暗夜寒风呼啸，余新宽和同学二人抱团取暖，浑身僵硬麻木。待到天露微光，勉强能看清前方的路，他俩才分开，抬眼见不远处一堆垃圾正冒着浓烟，两人遂一前一后爬向垃圾堆取暖。焚烧的垃圾释放出一股难闻的怪味儿，但饥寒交迫的小伙儿哪顾得了这些，两人一边搓手一边等待开往石狮的班车。一辆班车打老远开来，余新宽摇晃着身子扒上车，正欲向司机说明原委，但话没说完，即被司机踢中胯部，整个儿把他踹出车门，继而加大油门扬长而去。这样，他俩不得不徒步六十余里坑洼路走回姐夫的那个砖厂。一路上心都在滴血。

回到住处两人吃了姐夫亲手煮的热腾腾的挂面。余新宽捧着碗躲在角落，泪水扑哧扑哧往下掉。他耳畔响彻着机器的轰鸣，时至今日机砖厂也没说留下他俩做点事，显然他们还将漂泊下去。这顿饭之后，姐夫拿出不多的五十元钱交到余新宽手里，叫他们第二天准备回江西老家。老家能干什么，还不是晴天一身土雨天一身泥。这辈子看来就跟泥巴打交道了。

然而天无绝人之路，他们居然打听到一个叫张旭茂的老乡在石狮一家漂染厂上班。兴冲冲地找了去，张旭茂人蛮热情，苦口婆心地央求行政经理留下了他俩。这个台资“福建鸿利漂染厂”一下将两个走投无路的青年带进了人生转折点。这是命运的巧合，也是两人坚持的结果。

是的，在泥浆中摔打的余新宽有使不完的蛮劲儿，昔日握镰刀的手，如今在现代化车间依然游刃有余。三月见习期满，他很快由一名洒水工转为染色工，这个更为体面的工种光月薪就达到一千二百元，这个“天文数字”是姐夫汤庆仁比不了的，更是跋涉在老家泥浆里的乡亲所没法比的。余新宽珍惜这个来之不易的机会，处处谨小慎微，有事就抢着做，颇受领导和工友的好评。他很快又升为技术员，每月工资达到两千元。过去吃不饱穿不暖且处处受欺负的乡下人已经不见了，他俨然融入了生活的洪流，凭借自身本领在陌生的异地站稳了脚跟。数年后的 1999 年底，余新宽跳槽到厦门兴特漂染厂担任厂长，月薪更是达到不可思议的一万二千元。而后，这个从不服输的江西小伙儿一鼓作气，在 2001 年底辞职创办了自己的“福建虹美化工有限公司”。就此，他的人生大幕像出征的旌旗般高调而壮烈地拉开了。

余新宽六七岁就随大人在稻田摸爬滚打，十五六岁独自背着被子到十余里的农场打工挣钱，并且一住就是半个月，每天十元酬劳慰藉了他的疲惫的灵魂，也将一个穷人家孩子的体魄锤炼得壮实而威猛。在将军洲农场，他每天早上五点就下田收割水稻，直到伸手不见五指才摸黑回到住处。灯影下的青春摇晃而坚毅，作为男子汉的余新宽每次都坚持到了最后。余新宽有兄弟姊妹九个，他排行老八，全家人均八分口粮田，勉强能填饱肚子。自小余新宽就萌生了创造一番天地的打算，在泥浆中摔打的青春给了他无尽的智慧和胆量。

2006 年，余新宽的新公司“福建虹美彩印包装有限公司”成立之际，他和爱人廖良娣已经拥有一组价值五百万元的染料生产线，随着经营的扩大，又在 2009 年新增了一个机组，两条生产线昼夜作业，将财富一度推上了产业巅峰。在七、八、九这三年，公司平均产值达到六千万元，年利润超一千五百万元。

曾经是如何一个卑微而渺小的人物，为了尊严地活着而一度放弃尊严。如今的他不但活出了尊严，而且在业界颇具知名度。这种蜕变或许不能仅仅以命运来概括和形容。是的，眼下在泉州地区的务工余干老乡达十万之众，如何把这些一衣带水的乡亲聚拢抱团，实现资源共享，一直是余新宽的心愿。2015 年 9 月 10 日，泉州余干商会在晋江荣誉大酒楼隆重举行成立庆典，余新宽被推举为首任会长。现场上千乡友见证了这个激动人心的时刻。成立商会一是要服务会员，二是要服务和回报社会。作为全县精准扶贫的一部分，会长余新宽带头捐资五万元给老家枫港乡政府修路，又出资三万元投放到村里，准备将出村路修缮一新。

他的行为显然感染了三百多名商会成员，弟兄们正在积攒力量准备跟随会长大干一场，无论在创业上还是反哺社会。

天明的明天

沿瓯江寻访天明是在八月的一个雨夜，站外大雨滂沱，我坐上天明委派的接站车辆一路来到下榻的香格里拉大酒店。明天是温州余干商会成立的日子，直到深夜商会管理层还等在大厅，一一落实来宾的住处和夜宵安排。我在前台见到了会长章天明。一同迎接的还有秘书长徐闯明和副会长何建龙，同他们握手寒暄，并接过他们安排的房间钥匙。此刻雨已停息，大风在庭院起落旋转，捎来了瓯江潮湿而腥气的味道。

在台下看天明抑扬顿挫的演说别有一番趣味。八月九日，温州余干商会在久负盛名的香格里拉大酒店举行成立庆典，会长章天明面对近千人的场面侃侃而谈。他看上去稍有局促，但声音洪亮。他说，故乡余干离温州虽隔千里，但人情相依，往来不断。希望商会能成为政府连接企业的桥梁，成为余干乡友在温州这片热土的温馨家园。

作为会长，天明个人出资三十万元充当商会经费，这在商会管理层中是出资最多的。在他的感染和带动下，二百家商户、近三百人汇聚在他的麾下，共商发展大计。在商会成立仪式上，两名来自余干老家的贫困学生何晓梅、刘金接受了温州余干商会的捐助，每人五千元现金适时缓解了她们日益窘迫的困境。孩子们在获捐后感动得流泪，让台下不胜唏嘘。作为回报家乡的举措，天明领衔的温州余干商会把扶贫济困列入发展大纲，以最大限度地发挥商会的正能量及会员们反哺社会的积极性。乐清虹桥镇——温州余干商会总部所在地，以天明为核心的能量圈正缓慢而有序地辐射到生活的各个角落。

“苦孩子”章天明其实并非一帆风顺。这个早年来自江西老区的放牛娃，20 世纪 90 年代初中毕业后先后随父母打过渔、到鹰潭帮人养过鸽子，以及后来在上海做过电工和钢丝厂的“拉丝工”，颠簸的青春一路跌跌撞撞，最终在浙江经济重镇——乐清市虹桥镇找到栖息之所。他在一家铜业公司获得一个销售员的差事，每月薪水五百元，白天上班，晚上帮老板守仓库。独自一人睡在仓库的沙发上，每每都要念着“薛建兰”这个名字入睡。他是坠入了同为工友的老板外甥女薛建兰的爱河。

穷小子何以能获此高尚的爱情。面对一往情深的女孩儿，懵懂的天明一筹莫展。在女孩家庭下最后通牒的当口，天明携女友建兰逃往人海茫茫的车站，并最终在偏僻的蔡圩村藏匿了起来。那是天明的江西老家，1997 年这个贫穷的渔村尚在风雨中飘摇，难以安抚并袒护两颗飘落的魂魄。六七天之后，天明和建兰迫于双方家长的压力，不得不面对现实。他们重新回到了乐清。许是源于两个年轻人奔流的瓯江记录了一个少年的不屈的灵魂。他几近衣衫褴褛，在陌生的异地奔跑着，为的是寻获一种信念和理想。这个曾食不果腹的少年如今身家已达千万之巨，梦想已然成为现实。

的执拗和坚持，家长们终于允诺了这门亲事，这对于满腔热情并誓言出人头地的天明而言，不啻完成一场艰难的人生穿越，他隐隐触摸到一缕久违的蓬勃气息。他在这场气息中沉寂和修炼，一俟时机成熟，将像雷电般释放出光芒。

2003 年的春夏之交，天明携带七年打工所得的十七万元身家出来创业，部分钱款买了部货车，其余的钱用于购买物资和设备，头一年即赚到不可思议的五十万元利润。第二年，他注册的“乐清市天友铜材有限公司”在一片喜庆气氛中正式挂牌营业，满地爆竹像落英般缤纷了整个春季。天明离成功仅差一步之遥。

公司主营铜料机械加工和铜材销售，这对身经百战的天明而言不在话下。创业中，天明身先士卒，搬运、送货、联系业务，样样冲在前头。手破了，腰酸了，遭冷落了，他独自承受着，决不把委屈留给家人。这些肉体上的磨难并不能消磨他的意志，倒是精神上的煎熬让他无所适从。创业之初，铜皮价格要一万三千多元一吨，可天明手头只有十来万元，根本启动不了业务，有劲儿使不上。外乡人借钱何其难，银行更不会冒险借给一个刚刚创业的陌生客户。好在天明的诚信感动了一位朋友，由朋友担保顺利从银行贷出了宝贵的周转资金。这对遭遇资金瓶颈的天明来说，可谓雪中送炭和如鱼得水。

天明很快有了自己的房子和车子，在乐清地面上也算小有名气。业务延伸到温州、瑞安、杭州等多地市。致富不忘乡亲，这是长期藏匿在天明内心的情结。他通过各种方式把老家那些陷入困境的亲戚或老乡，带到虹桥来就业并学习相关技术，让他们彻底告别过去的贫穷。堂弟章有明就是其中的典型代表，天明曾在很长时间里带着有明跑业务，并在后来扶持有明建立属于自己的公司。如今有明的生意也在虹桥做得风生水起，大排量进口路虎车成为这个昔日的“迷途”青年的人生佐证。

2014年8月，余干一名在虹桥务工的四十三岁的老乡，误入黑诊所输液死亡，家属找到章天明为其主持公道。天明积极奔走，甚至不惜与诊所雇佣的黑社会对峙，最终在当地司法机构的介入下，才得以和解与平息。死者家属最后获赔四十万元，有效维护了一个打工者的尊严和权利。

2015年8月，天明把这种正义与正气延伸到他组建的商会。他将身边具正义感的乡友聚在一起，努力为家乡、为社会多做贡献。在资助并跟踪两名贫困学生之后，天明又带领大家集资为老家的贫困户送温暖，首批五万元资金在年后春耕生产前夕及时发放到贫困户手中，解决他们的燃眉之急。很显然，这种无私帮助将会长期坚持下去。

天明是个实在人，对家人对朋友都怀有深深的情感。他每年都会带父母以及岳父岳母出门旅游，让他们散心，享受晚年。妹妹章青自小痴呆，生活不能自理，天明自觉分担妹妹的家庭重担，并把辍学在家的十五岁的外甥带在身边，手把手教会他一技之长。2015 年的 3、5 月间，操劳了一辈子的父母相继离他而去，天明感觉整个心像被掏空了。他像个失去依靠的孩子，常常一个人黯然神伤。他最后悔的就是没有对父母再好点儿，忽略了对他们陪伴。

奔流的瓯江记录了一个少年的不屈的灵魂。他几近衣衫褴褛，在陌生的异地奔跑着，为的是寻获一种信念和理想。这个曾食不果腹的少年如今身家已达千万之巨，梦想已然成为现实。只是，他从未有过满足感，他仍在奋斗的路上继续奔跑，因为身边又多了一群惺惺相惜的人，他感觉担子沉了，责任大了。是的，天明，唯有等到明天，他方能给我们带来一个新的富于传奇的答案。

守望鄱湖的少年

夜色迷离的泉州，灯火璀璨，秋意渐浓。一场细雨冲刷着这座滨海小城，将“水印长天”衬托得分外明媚。以生态食材上位的水印长天餐厅，在这个稍显凉意的晚上依然宾客满座，杯盏交错中传递着南方小城特有的散漫和温婉。

余新宇喜欢这种节奏。他穿梭在水印长天的厅堂之间，招待宾客，间或与前台员工商量些事情，举手投足间皆显示出一种自信与恬淡。打拼二十年，他已然在这种惯常的忙碌中游刃有余。

我们的交谈正是在这种惬意的氛围下开始的。我们驱车途径田安大桥，一路朝石狮的住所驶去。夜幕下的东海风平浪静，“途锐”越野车发出轻微的畅叫，像只大鸟一样飞掠在空旷的滨海大道上，记忆的闸门在夜色中徐徐开启……

早前的禾山乡陈府塘村黄泥漫天，顽劣的余新宇就出生在这个村庄的一户捉襟见肘的十口之家。排行老八的他并无多少新奇，照样吃不饱穿不暖，十四岁就挑起一担粪箕跟村里的大人到圩堤上去“捉圩”，稚嫩的肩膀被潮湿的土坯压得生疼，他愣是没吭一声，并连续坚持了两个冬天。堤坝越填越高，浩阔的江水在春夏之交来势凶猛，但一次次被挡在圩堤之外，余新宇的劳作见到了实效。家乡抗洪他是有贡献的。

父亲和爷爷都是单传，到了余新宇这辈，父母一口气生了六个男孩儿。孩子大了要有个营生，新宇的哥哥们做手艺的做手艺，读书的读书，人生看似被安排得妥帖而紧凑。然而余新宇读完初二就读不下去了，他的玩性大，三天两头惹事儿。班主任江少元个儿矮，一次卷起一本杂志跳起来击打余新宇的头部。一堂课常常因为他的调皮捣蛋而闹得上不下去。从家里带的大米也被余新宇换成钱吃了，到了开饭的时候他从班上卖饭的大桶里铲起一钢碗饭就走人，卖饭的同学敢怒不敢言。然而上课就像坐飞机，这对余新宇而言显然是种煎熬。终于在初三开学的时候，余新宇将刚刚领到的新书背回家里，彻底告别了校园。在他内心，大自然有比课堂更多的乐趣。他虽在家里属老小，但大人并没有由着他的性子来，很快就安排他跟二哥余新谋学木匠。木匠学了半年也待不下去，枯燥不说，还受管束。比如在桌上吃饭，师傅没动筷子的菜，徒弟一般是不许下筷的。但余新宇不管这些，一上桌伸出筷子就叉，不管鱼还是肉都夹到碗里，全然不顾师傅二哥的脸面，埋头吃得热火朝天。二哥忍不住私下数落过几回，最终把余新宇说毛了，他撂下木匠挑子不干了。从此也告别了木匠生涯，多好的一门手艺就这样被他葬送了。

余新宇的兴趣显然在野外。他被大人派到村前的“寒个湖”看村里的鱼塘，看塘的还有几位同村的村民，算是公家的事吧。看鱼塘有鱼吃，夜晚枕着星光、听着夜鸟的鸣叫入眠，别有一番趣味。最为难忘的是白天在草丛捕捉地鼠，上斤重的地鼠肉佐以尖椒、大蒜烹饪，是那个岁月的上等美味儿。有时余新宇也拿鱼到对岸进贤集市换橘子吃，其中的乐趣不言自明。两年光景就这样在余新宇的心里打下烙印，它像水彩画一样明媚而壮观，成为他一生中抹不掉的记忆。

余新宇的个子越来越高了，他应该要为家庭担负更大的责任。十七岁的他在邻村汤家一位青年的带领下，来到福建石狮一家砖厂打工。这青年挣的是劳务差价。这是一个叫伍堡镇的地方，连着山，道路崎岖，工人们过的是一种奴役般的日子。余新宇从早上六点上工，晚上十点休工，月薪三百。半年下来，他仅仅攒下不足四百元血汗钱。

正当余新宇感觉手头“阔绰”之际，五哥余新远从老家投奔他来了。老五新远从老家余干二中毕业，考取了赣州的一所私立大学，许是感觉前途无望，最终放弃了漫漫求学路。家里穷供不起他折腾或许也是一个原因。但来到石狮之后他并未如愿进到砖厂上班，甚至一连半年都没找到事做，每天坐吃山空，几乎把弟弟新宇的工钱吃个精光。好在半年之后老五在厦门一家台资企业找到一份业务员的事做。兄弟俩在车站告别的时候，弟弟新宇拿出身上不多一点钱充当哥哥的路费和日后的花销。在这转瞬之间，余新宇也下定决心寻求更大的舞台，以求改变自身窘迫的现状。这个念想并不是为了自己，而是远方那个穷困潦倒的家。是的，他有责任把那个破落的大家庭带出泥潭。很快，他便在邻近的泉州市一家酒店找到一份当保安的差事儿。一张人生的大幕就这样徐徐拉开了。

一年之后，余新宇转型做起了客房服务员，继而是行李生、领班和主管。1997 年当他做到三星级酒店的主管的时候，他把父母在老家的数千元欠账都还清了，其中就有哥哥们结婚所欠下的外债。他俨然成为家里不可或缺的顶梁柱。诸位哥哥的相继投奔便是明证。

1998 年余新宇用身上仅有的两千元钱买了部诺基亚手机，他走在大街上意气风发。一年之后他果断出手把手机卖掉，除本钱之外还赚了一百多元。此刻他看准商机，向亲戚朋友借了六七千元，开了家名字叫“红辣椒”的川菜馆，不到一年就盈利近十万元。1999 年下半年，老五余新远从厦门来跟余新宇合作，在泉州中心地段租了个八十平方米的店面，将先前的“红辣椒”川菜馆改为“老乡情”川菜馆，人潮如涌的场面让兄弟俩所料未及，生意好得不得了。仅一个月就有十万元纯利润。

2003 年下半年，当余新宇花二十余万元买了村庄上第一辆帕萨特牌轿车之后，他的人生和财富开始像一支利箭，令人钦羡而咋舌。接下来，新远、新宇两兄弟相继在泉州中心地带翅桐路各买了三室两厅四室两厅的大房子。昔日流落街头的影子再也找不到了。

2013 年“老乡情”升级为“水印长天”生态餐厅，

并且一开就是两家。把它打造成全市乃至全国的餐饮连锁企业是余新宇的梦想和目标。与此同时，加盟泊捷时尚酒店以及收购“好世界大酒店”和“梦之泉水疗会所”已经成为余新宇财富战车的任务侧重，余新宇宛如一位运筹帷幄的将军，在行进的途中一路披荆斩棘，所向披靡。“时尚”、“现代”、“色彩”……余新宇在谈及他的酒店规划及构思时，竟如此口若悬河和面面俱到，他内心的世界俨然超出了未曾读完的禾山中学所给予他的知识范畴。

是的，寒个湖，这片连接鄱湖支流的沼泽与湖泊，在余新宇的内心是如此难以割舍和藕断丝连，以至于将“水印长天”重新赋予一种生命的意义。在没膝的烂泥里，在齐腰的草丛里，在闪烁着阳光的梦境般的浪花里，余新宇的青春是如此倔强和欢欣雀跃，那是饥馑的年岁所赋予他的宝贵的财富。

2015 年夏秋之交，余新宇的两笔善款相继投到老家枫港乡及陈府塘村的修路工程，他的反哺社会的行动刚刚开始。

兄弟细明里

这年冬季，兄弟细明里拎着礼物从广州辗转来北京看我。他的黑背包斜挎在身体的一侧，像收账的裁缝一样显得行色匆匆。正好有朋友约了在北新桥聚会，遂把细明里叫到一起，两人相见，分外亲切，仿佛离别了很久。他见面递给我一只手提袋，里面装满了各种具有南方特色的小礼品。

“你刚换了工作，来看看你，没啥拿的，给你拿了两瓶家乡老酒吃。”他顶着一头雾霾喜笑颜开。初冬的北京雾霾肆虐，细明里显然不计个人得失，他在毫无遮拦的环境下完成了一场风尘仆仆的会见，内心洋溢着欢愉。“还习惯吧？”他显得意犹未尽。

“还好。”我领着他进了一家酒馆，那里的啤酒和烤肉已经摆上了台面。那是一个适合海阔天空的环境。先行落座的几个人像猴样兴致勃勃地看着我和细明里走近，内心掀起久违的狂热。那是几个说着老家话的家乡人，他们近乎一致地把细明里请到正座，这让他极不习惯。他最终在边上坐下来，像块磨盘般岿然不动，任由人拉拽，死活就不动窝。他的谦逊一度令人深深敬佩。

很难说哪天开始认识细明里的。他哥哥大明里在村里似乎比他的名气大，那是个开机米房的老实人，家里常年机器轰鸣，四里八乡的人都对他熟络。而对于这个僻静的村落，兄弟细明里几乎只有过年才能回来。回来也是受罪，他的爱人和小孩都不习惯江西严冬冰冷的气候和水土，娘俩不是发烧就是拉肚子，让细明里的年过得仓促而憋闷，正月初三四就要带着她们上路回南方，让老娘在门口的柑树底下泪眼婆娑。细明里的嫂子的哥哥有华是我的小学老师，这位市书法家协会会员每年春节前都要到妹妹家写对联，那顿烧有脚鱼、土鸡的大餐总要约上我前去品尝，由此我跟细明里这位医学界才子便接触上了，二人有相见恨晚的感觉。细明里为人低调，谦和有加，整顿饭都是他在为旁人倒酒和布菜，不吃有些难为他的心意。常常我也会邀他到一村之隔的彭家村家中，在几个血气方刚的老俵中间猜拳行令，将气氛推上高潮。细明里也放得开，俨然不像一个医院领导的做派。

细明里是个久经沙场的干部。几年前组织上派他援藏，担任西藏林芝地区卫生系统副职领导，期满后回南方受聘为一家医院副职院领导。面对新的管理业务，他坦言对新业务一窍不通，感觉如履薄冰，但每次都尽心尽力去完成各项工作。在进行新院区建设时，他时刻践行“严以修身、严以用权、严以律己”的要求，保持清正廉洁，增加拒腐防变能力，赢得组织和院方的一致肯定。

只是每到夜晚，他都要梦到雅鲁藏布江的河水，它在幽暗中奔流向前，恰似一个人不屈的信念；他还梦到寂静的公路上出现的一拨拨虔诚的朝圣者，他们匍匐着，嘴里念着颂词；以及他的朝夕相处的藏族同事，他们每个人的脸上都绽放着“高原红”……人们都知道西藏，知道珠穆朗玛和喜马拉雅，但却鲜有知道西藏还有一个藏在深闺人未识的美丽地方，它就是素有“西藏江南”之称的林芝。林芝位于西藏东部，莽莽林海，鲜花遍地，从高寒地带生长的雪莲花，到亚热带盛产的香蕉、棕榈，物产资源丰富，自然风貌保存完好。是各种野生动植物栖息繁衍的乐园，再加上人为因素影响较小，成为全国难得一见的生态景观集散地。这里淳朴的珞巴、门巴、僜人和夏尔巴人等少数民族以狩猎为生,至今仍保留着刀耕火种的原始生活方式。

对于这样一个世外桃源，细明里心驰神往，但时刻牢记援藏的神圣使命。针对林芝部分医院就医环境差、大楼年久失修的现状，他多方奔走呼吁，请求上级部门引起重视和关注。通过不懈努力，先后争取到大批物资和资金，其中，其中一批资金用于筹建医院综合住院大楼的配套设施和设备，有效缓解了危楼造成的潜在风险。此外他还亲自组建医疗保健队,确保援藏队员在西藏期间的身心健康,取得良好成效。几年援藏，细明里跋涉万余公里，陪同援藏工作队深入基层进行调研工作，先后深入到察隅农场、察隅县和波密县实地了解援藏工作进展情况，协助解决援藏工作中遇到的困难和问题。经常带领南方省、市援藏医疗队到林芝县、波密县、察隅县及察隅农场农牧民村进行

“送医送药”活动，受到当地农牧民的热烈欢迎。

由最初产生抵触情绪，到后来深深眷恋着这片土地，细明里完成了人生阶段最重要的成长和历练。这种历练被放大到新的工作领域，从而又得到进一步提升和超越。

一个人独处，细明里总要捧起书来读，这或许是援藏时培养的好习惯。他大量购买诸子百家的典籍，如《道德经》、《论语》、《左传》和《史记》等，摆满了书架。偶尔被一些生疏的文句所阻挠，后来就观看电视播放的《百家讲坛》，发现电视讲的那些人和事在现实生活中也随处可见。虽然规模有所差别，但性质上大同小异。比如孔子到处流浪，且屡屡碰壁，他的政治蓝图、施政纲领和人生价值根本无法实现和体现，明显是生不逢时。而老子用最高的智慧来诠释《易经》，其处境其实也相当落魄。墨子站在平民的角度推广他的“兼爱”，结果反而站在了百姓的对立面……细明里似乎变身历史人物，他的思维和观察都裹挟了时代气息，给人以高屋建瓴之感。此外，他还看当代中国作家的《万物生长》，以及外国的《摆渡人》和《百年孤独》，每每都会泪流满面。

回忆起我们在北新桥聚会，当我们喝着细明里从南方带来的老酒，和家乡人说着家乡话，别提有多开心。整个过程又是细明里一个劲儿地给大伙儿倒酒、夹菜，他的爽朗的笑像清凉的秋风一样令人心怀激荡。

一头在夹缝中奔突的角马

在非洲草原，生性刚烈的角马常常是摄影师追逐的焦点，那群起而动的意象有时就像风一样带动荧屏，进入我们的视野，令我们感动于一次迁徙和搏击的场景。

我习惯把齐抢先想象成一头在夹缝中奔突的角马。在时间进行到今天，这种感觉愈发明显，它不带任何偏见、揶揄甚至取悦，它建立在客观事实之上，具有普遍的认知。这种感觉曾一度统领了我的写作。

时间回溯到 20 世纪 90 年代初，20 世纪 90 年代的余干中学，我和抢先就相识在这个充满梦想与记忆的校园，两个同为乡下崽俚的青年，高举着文学的火炬四处奔走，用微不足道的青春誓言谱写着人生的认知、懵懂的情怀以及感伤的乡愁。无论是狭窄的街巷还是蜿蜒的田畈，都曾留下我们的足迹，见证了一对患难弟兄平凡而伟大的友谊。是的，文学，正是这个如信江水一样博大精深的载体把我和抢先连接在一起，为着同一个目标奋斗并追逐着，一刻也没有停歇。

我和抢先，一个来自信江之南的枫港乡，一个来自县城之北的古埠镇，乡下的经历使我们如履薄冰，在城里的人群中总发觉缺少那么点自信：那卑微的童年，那羸弱的身躯以及长期受世俗禁锢的思想，它们就像一只胆怯的兔子在纷繁的城市街头左冲右突、躲闪藏匿，总显得是那么无所适从。如果没有平常的那点爱好——我说的是文学——那生活会有多么难熬。我总觉得它就像一团生生不息的火焰，温暖着我们的胸怀，且照亮着我们脚下的路，为我和抢先——这两个来自乡下的孩子燃起信念的灯盏。长大了当作家，这个富有梦想意味的喜好似乎一下成为我们奋发的动力。

很多时候我们却庆幸自己来自于乡下，对农民的后代这个身份认同逐渐有了自己清晰而理性的见解。是的，我们得益于大地的滋养，得益于民风民俗的熏陶才有了今天对事物的认识与判断。也正是得益于生活的恩赐，体现在我们作品中的形象才有了鲜活的灵魂、丰满的个性和取之不尽的创作源泉。稻子、麦穗、田垄和草垛……这些乡下朴实而具体的物象，是城里生硬的建筑和街道所无法提供的，而行走在田垄上的人更是城里人所无法比拟的，农民这个群体也许是脚踏实地的缘故，他们天然就具备一切艺术要素，在文学、绘画、音乐等方面占据重要位置，成为古今中外的艺术家纷纷刻画和塑造的艺术典型，其中不乏旷世之作。

当然，中学时代的齐抢先和我一样依然处在创作的启蒙阶段，所有题材的选取皆显得是那么苍白和单薄，如何构筑人物与历史的关系或者农民与土地的关系，这些复杂的程序还仅仅是个空洞的设想——或许压根儿就没有这种设想。当时的情形是，为如何能在《少年文艺》、《语文报》、《青少年日记》甚至《少年作文辅导》上发表一篇习作而绞尽脑汁。从一首《细雨》中略微能寻得抢先当年的一些创作足迹：淅淅沥沥……/ 伴着翩翩起舞的枫叶 / 灰蒙蒙的天 / 伟岸伟岸的男子 / 绿莹莹的地 / 苦苦恋着的少女 / 菲菲雨点儿 / 是他们两个 / 醇芳醇芳的密语

同一时期，我也有首小诗发表在《上饶日报》的前身《赣东北报》上，这个取名《山村晨曲》的小诗写道：炊烟像一根竹竿 / 升起在山顶 / 挑起睡眼惺忪的太阳 / 点点阳光像一首动听的山谣 / 洒落在鸭棚 / 惊醒了正在酣睡的鸭子 / 放鸭少年该起床了 / 村前小湖 / 有部活泼的童话 / 正等着他去读……

在中学校园，我和抢先你追我赶地搞创作，一有"豆腐块儿"发表，就拿出来相互阅读，体会其中的乐趣。然而在学校毕竟是以学业为主的，我们心里都清楚，考不上大学，一旦回到乡下这些所谓的精神追求将随之破碎和幻灭，这是多么残酷的现实。而在现实中我们却显得手足无措，连最善意的劝诫都被当作耳边风，已经很难有人将我们从"悬崖"边上拽回来啦！

期间的齐抢先表现更甚，他接连放下书本受邀参加省内外的文学夏令营和写作笔会，看上去就像一只繁忙的布谷鸟，这山飞往那山，贪婪地汲取着文学养分，在收获相应人脉资源的同时，也为日后的创作开阔了眼界并打下了基础。当时我们学校并没有成立什么文学社团，所有创作几乎都是单打独斗，抢先能选择走出去，与当下的经济"走出去"战略有着异曲同工之妙，这里面凸显了他的先见之

明和忧患意识。

1991 年我高中毕业，同年因文学特长被保送到吉林大学中文系深造，而作为尚在读高二的齐抢先还要孤独地奋斗一年，这对于习惯了结伴同行的他来说显然是一种煎熬。抢先是个重感情的人，我入学之初，他三天两头来电来信问候，交流创作上的事情。但由于种种原因，我和他在以后很长一段时间突然失去了联系，学习、生活、工作的信息全无，那只习惯翱翔的云雀——我总想，在下一个春天来临之际，他又该在哪儿停留和呼号？

2010 年夏天的一个午后，我突然接到一个陌生人的电话，他那磁性的声音简洁而浑厚，虽然略显沧桑，但我已经猜出他是谁啦——他就是足足二十年销声匿迹的患难兄弟，那个自命不凡的乡下青年——在如歌的岁月里高举着草叶和诗歌、理想和荣耀的齐抢先！

“我在余干人网站上看到你的消息，得知你在过年的时候来过一趟县城。”齐抢先试图用简洁的铺垫拉近我同他之间的距离。但显然无法满足我获取更多有关他的信息的欲望。

“你现在在哪里？你这些年都好吗？”我的陈述同样苍白无力，眼前的洋槐正阻碍我远眺的视线。时值盛夏，我的窗外布满来自洋槐婆娑的掠影。

“我在南昌的《经济晚报》社……你的地址怎么写？我给你寄一本书过去。”在巧妙地完成铺垫之后，抢先开始进入复杂的追忆程序。这一切似乎一开始就酝酿好了。

抢先提到的那本书，指的是他集二十年心血凝成的大部头文集——《从少年作家到青年记者》，洋洋五十万言，字字饱含深情和热泪，可以说是他二十年创作生涯的完美总结。

不日抢先便寄来他的著作，我细细捧读，如小时捧啃红薯，欣喜之情溢于言表。这已经是第二版了，看封面上那自信的汉子哪还有乡下人的矜持，别具一格的微笑淡定从容，胸中也似乎装载着风暴，几欲喷薄而出。这就是齐抢先，一个拿乡下话来说已经混出了头的省城知名记者。

但这又何尝不是一个青年的辛酸史！看吧，《在城市里沉浮》、《一封信珍藏了 18 年》，写尽了一个梦想者的艰难困苦；而《穿越天堑》和《蔡发文：照亮数千学子的行程》等篇章，无疑是作者在完成由少年作家向青年记者华丽转身过程最富力度的表征 !2009 年齐抢先光荣加入江西省作家协会，他的愿望正如地里的庄稼一样如期得以归仓，他的心血没有白费，他正在得到越来越多的人的赏识、推崇和肯定。正像一个庄稼汉开始所设想的那样——过往的尘埃落定，齐抢先真正到了收获的时候，这一切进行得是那么有条不紊和赏心悦目。

为此我总想起那在迁徙中奔突的角马，为了不使自己沦为鳄鱼的午餐，角马在涉水的途中左冲右突，机智而巧妙地摆脱眼前的险境，那犀利的犄角和一身发亮的皮毛，多像苍穹下流动的韵律，令人激发无穷想象和生存的欲望。

齐抢先无疑也秉持了角马这种不服输的天性，在乡村，在城里，在跋涉的途中，为了抢先到达目的地，他似乎从未退缩过。他用生命捍卫了尊严，同时又用尊严点燃了理想的火炬。

新屋人物碎片

塌鼻公

老家余干管鼻子叫“鼻公”。而我这里说的“塌鼻公”，是村里一个放鸭后生的外号。他真正的名字叫盘生，因其鼻梁上留有一条伤疤，看上去整个鼻子就像塌了一样，面部形象因此遭到破坏。

塌鼻公很苦，小时候一句书都没读过。懂事那年，他爹从集上买回几只鸭子让他放，而一放就是十几年，鸭子从几只到几百只甚至上千只，他一下成了远近闻名的养鸭大户。

塌鼻公虽不识字，却能数数。他经手的鸭蛋、雏鸭从未缺过数，四里八乡的生意人别想蒙过他。即使这样，人家依然要拿他逗乐。一桌酒席上，有人逗他：你写个名字出来？塌鼻公自然露怯，勾头自顾吃菜。不写不成，那要罚酒的。说话者在旁人的附和下，捉起塌鼻公的耳朵要灌酒，气氛顿时尴尬起来。最终是塌鼻公跟捉弄他的人扭打起来，场面差些失控。

大人要说盘生的外号，双方有时乐乐也就过去了。小孩要是嘴贫他可不轻饶。一回下雪，我立于屋檐下，见盘生赶着一群鸭子经过，我嘴中鬼使神差地发出类似柴油发动机般的“塌、塌、塌、塌……”之声，盘生支棱一听，转头见一鼻涕虫在说他外号，立马弃鸭奔我而来，在我本就红肿的脸上留下五个红手印子。待我爷爷闻声从里屋出来，雷打的塌鼻公早已跑出我的视线。

不苟言笑的塌鼻公早晚赶着他那群鸭，风里来雨里去，在我的印象里，他就像乡下的打更人，每每天刚放亮，缠绕在屋前屋后的准是他的鸭叫声以及他唤鸭赶鸭的粗嗓音。而这时分，梦里醒来的人们觉得自己该起床忙活了。到了傍晚，塌鼻公赶着鸭子从野外归来，劳作的人们也似乎明白，一天的光阴又这样在不经意间结束了。

你不知道塌鼻公放过多少年鸭，更无从考证他放过多少只鸭，寒来暑往，年复一年，他始终在以鸭为伴，一支竹篙、一叶木船，怕是最知情的物什。我见到过执着的爱情，那坚贞不渝的精神教人由衷称道。而把毕生精力系于一群鸭子身上，其中的坚韧和执着又何尝不令人折服！这一切，盘生都做得到。

“营长”

“营长”并未当过真正的营长，他仅仅是二十多年前公社集训时的“民兵营长”，因为集训年年搞，他的“营长”称号确实火过一阵。

营长是个本分、热心的人。那些年在大队工作，上上下下都混得好，人走在圩上都有人喊他吃饭。然而好景不长，营长的媳妇常年像病秧子样，治病服侍的时间耽搁了营长的事业，影响了他的升迁。没出几年，营长彻底回家伺候媳妇去了，同时卸给他的还有一家老少和繁重的田地活计。

谁也揣摩不了营长的心思，一年春上，他携妻子远离乡土，去到一个临鄱阳湖的小镇，干起了小百货批发、零售这个营生。有一阵子，生意确实红火，赊账、付现钱的顾客络绎不绝。

鄱阳湖浩瀚的水面，其鱼虾之丰，教人咂舌。立于湖边不远处的营长的商店小屋，空罐头瓶、啤酒瓶堆积如山，加上往来的顾客，俨然一个繁忙的码头。一回我乘船来到营长的住地，亲眼领略了弃政从商的一代“营长”的风采！

然而又是好景不长，不出两年，营长的家况又由盛变衰，原因还是其媳妇的病情。县内县外，省里省外，营长倾其所有，一心想根除媳妇的病魔。由此带来的结果是，病未根治，连带两个儿子也辍学在家。

人们谈起营长的两个儿子时，都无不为之惋惜，两个都很会读书，却生生因贫困葬送了前途。几乎在同一天，两个儿子先后不辞而别，南下沿海城市打工。一年来，大儿子有了消息，而小儿子却杳无音信，据说夹着一本圣经给基督徒讲经布道去了。可怜的营长每天靠背负水泥、石块，拉人力车度日。

好像就在去年春上，营长的大儿子让他和妻子去深圳一个小镇，那里有一垄菜地等着他去耕种，手头有了活计，日子总归有个盼头。

围绕营长，乡亲们总要拿我扯上一些话题。他们说，营长幸亏有个出息了的侄子，不是他隔三岔五接济点儿，营长一家子都够呛。我摇头，常常暗自苦笑。面对这一切，我还能做些什么呢？

是的，那个人就是我叔叔。曾经风光一时又长期陷入困顿的我的叔叔，像莫泊桑笔下的于勒一样心怀侥幸又顾虑重重，他的佝偻的脊背折射出过多的土地的哀伤。在先民流过汗水的泥土里，属于叔叔的那粒希望的种子，不知何时能开花、结果。

眯子

眯子是有名字的。只是他的眼睛长年眯不拉叽的，看事物老眯起个眼睛，人们习惯叫他眯子。

在我的印象中，眯子好像没有讨过老婆。我小的时候，他是伺候年迈且多病的老娘。后来他娘死了，眯子就一人过活了。要说眯子命苦，那是千真万确的。他有一个木匠兄弟，兄弟活好，远近有声名，加上儿女满堂，日子殷实而滋润。念眯子为兄，做弟的在瓦屋的西半拉劈出一间房用做哥哥的栖身之地，以为生计。常年就有这样的景况：做兄弟的一家热热闹闹，而在哥哥这边，且是冷冷寂寂，少有人问津。

眯子写得一手好字，尤以毛笔字拿手。逢年过节，村里娶亲拜寿，眯子都要上人家里去露一手，办喜事的人自然乐，毕了，必赏几个买酒钱。往后，村上似乎形成一种惯例，谁家贴对联、写帖子，多请眯子。眯子乐此不疲。久而久之，眯子似乎发现了市场。不知是从哪一天开始，眯子把此“业务”拓展到临村甚至临乡。这样佝偻着背的一个老男人，四处奔走，兜售着自己的所谓拿手绝技。落黑从村外回来，他肩上的褡裢兴许还有三二斗米或七八个年糕。

眯子不爱言语，但见了人，脸上尽堆着是笑。花白的胡须簇拥着一口被烟卷熏黑的牙齿，看上去颓废不堪。他的衣裳似乎未曾洗过，黝黑的衣襟表面，流淌着岁月的酸楚与艰辛，让人厌倦而又莫不怜惜。

眯子大概已有七十岁高龄了。如今依然孑身一人，因洪水村子整体搬迁后，眯子彻底成孤家寡人了，兄弟一家也远他而居。听说眯子年年是有救济的，逢年过节，他必守候在乡里或大队部，把那份属于他的救济款领走完事。碰到上边来了衣帽鞋袜的，眯子也准不会落空。乡里曾有人把他称作“守财神”，大概就是对他上述行为的一些概括。

今年春上，我突然闻听眯子死了。他死在清晨的屋檐下，一个路人发现他时，他已经僵硬了。那天天落着雨，瓢泼的雨水浇注着眯子没有知觉的身体，令人不忍目睹。路人托起眯子的身体在村庄上喊开了，他的声音尖锐而悲伤，像把利剑一样刺痛了人们的睡眠。

阮婆婆

在记忆里，阮婆婆是一个坏出了名的老太太。而她的坏名声又完完全全源自她家的两棵老果树。

一棵枣树，一棵柚子树，怕是全村最诱惑人的果树了。柚子个大、酸甜；大枣脆甜、爽口。大概没有谁家的果子栽种得这么好。阮婆婆心里明白她这种优势，平日说话的声音屋里屋外响亮，为的是让人时刻感受到她的存在。

果树成熟季节，阮婆婆的身影无时不在。声到人到，穿梭于垂涎欲滴的目光与果树之间，有时甚至执一竿竹篙，以防馋嘴的孩子偷袭果树。

提起那根一丈见长的竹篙，至今心有余悸。包括我在内，村里挨阮婆婆打的人不在少数。轻者遭臭骂几句，重者头上身上起包起痕，撩开衣襟察看被追打的肌肤，那鲜亮的颜色就像熟透了的红枣的颜色，让人欲哭无泪。最馋的时刻还是阮婆婆家来了亲戚的时候，阮婆婆颠着小脚，要紧不慢地来到枣树下，挥动竹篙击打枣树的枝丫，片刻间，浑圆熟透了的枣子哗啦哗啦像雨点样砸在地上，那些阮婆婆的亲戚家小孩一个个像强盗，边吃边往裤兜里装，吐核的姿势傲慢而又可气！围观的馋嘴虫只有欣赏的份了。偶有行人弯腰捡拾几个，阮婆婆的脸色也是绷得紧紧的。

而对于自家的柚子，阮婆婆更是看得紧了。农历九月，甜柚下树，这时分阮婆婆一般不去摘它，她要留到霜降时分，那样柚子的味道会更好。况且，集上的价钱到时会更高。霜降前后，娶媳妇嫁女的人家，必定要在陪嫁的烘笼里藏几个黄澄澄的柚子，以示吉庆。阮婆婆留着这么一手，不能不让人佩服她的老谋深算。

阮婆婆后来对我很好。大概是从念中学起，每次从学校回来，只要碰了面，她都要停下来跟我说说话。有时还过问几句学习上的事，打听我在学堂排第几名，读书就望出头之类。谈话的口气，俨然一副关心的样子。我也从未怀疑过她的那份诚恳与执着。

后来我渐渐懂得，有一声问候真好，那似曾相识的音容笑貌在平淡的日月是多么令人感怀和难忘。以至到后来上了大学，假期回到家，我都要翻过隔壁的那筑残墙去到一间暗黑的屋子，看望阮婆婆。包括从东北带回的暖水袋在内，每一个小小的礼品，都寄托了我对这位久病不愈的老人的祝福。很巧的是，在与她聊天的过程，脑海里从未想过她的两棵果树，也想不起那两棵果树。实际上，小时候我是没少被阮婆婆拿竹竿打的。而此刻的那两棵果树，不知已经砍了多少年了……

仍然是莲

——读彭生茂小说集《寡妇》印象

彭正毅

月光如水。浅水湾的土路，走着
名曰青莲的俏寡妇，当然
还随行稻田里制造的声响，黑影与雄性的喘息

赶集回家，她一路唱戏，如同《西厢记》归来
赣剧唱腔里的官人和花轿属于自己。水袖一甩
荡平深渊下的波澜

六月水稻，饱满，推搡一种暗示
警醒。她，是移动的莲，莲用她的眼睛把乡村
看成飘摇的苍茫

像她的迷茫，绝望，儿子庆生吃五花肉的奢望
拔节的梦，早随死鬼男人而去。现在
须紧握镰刀，割收大豆，提防那些阴影与诡异

水乡凄清。男人大多外出谋生，或无用
田间，清一色妇孺，操着尖细嗓音吆喝日子
炊烟爬在屋檐上，望着天空的悲伤

九泉之下，不少男人松开了手。青莲的
死于车祸，水莲的摔下悬崖
还有红莲的吸毒的诈骗的艾滋的 …… 这些人
有足够的时间，让他们的女人，九死一生

乡村失衡。等待交配的黑影，所向披靡
光棍八斤，恶霸，包工头，拖着病体的村会计
一柄鱼叉，不放过地皮、鱼塘和风雨中的莲
三尺硬土，所有的雌性，都是他们的菜

八斤蹄膀，堵住了桂花蹂躏后嘤嘤的嘴
几块布料，诱使红莲草儿母女上船，前途未卜

即便，青莲用干净的身子替换，闪电划亮尘世
八岁的春草，终逃不过八斤的高度
逃不过一根罪恶的水草，勒紧她弱小的心脏

月光如箔。犀利，晃动
无数死过一次的莲：青莲、水莲、红莲
及桂花、艾叶、蒲根这些穷亲戚，淤泥处

重生。她们在摇曳
但活不出风韵，她们在哭喊，但听不到声音

浅水湾，生死场。一担荷叶
上岸，包裹漏风的门窗与时光
包裹皂角树上寒颤的月牙儿，白蜡树上惊飞的
花喜鹊。柳荫楼
打渔鼓的女人，要包裹一小段流泪的十八摸

七月流火。八月蒹葭。九月授衣。何以终岁
她们，这些失藕的莲，必须疯狂摇曳
须紧握镰刀，收割，谨防那些黑影和诡异
哪怕用火，自己的绝唱，兑换乡村的光芒挽歌

月光如霜。浅水湾的莲，踽踽在前，扶摇直上
试图抵近阅读，但一把镰刀，逼迫我走近疼痛

迷人的《寡妇》值得去“拥抱”

——读彭生茂短篇小说集《寡妇》有感

陈伟震

收到生茂兄寄来的《寡妇》是在2016年6月初的一个午后，封面呈淡淡的乳白色，其右侧是一位若隐若现、身着无袖旗袍抑或是连衣裙的性感女子，而及其醒目的书名“寡妇”两个字犹如从女子高耸的胸前绽放而出……，说实在话，在我正式翻阅之前，很是惊讶生茂兄为什么取了一个如此性感且刺激男性荷尔蒙激增的书名？《寡妇》光看封面，给我的第一感觉是性感、迷离、含蓄并充满诱惑。

然而，在我刚阅读完本书中的短篇小说《黑的雪》、《寡妇》及《蝙蝠》后，一下颠覆了该书封面给我的“条件反射”，我发现生茂兄文本的背后展现了一种潜伏在生活底层的厚与重，我从中看到了黑暗里折射出来的那缕光芒！

《黑的雪》这篇小说，作者通过细腻的笔调刻画是的，每一位作家都有故乡，身处异乡的作家，其对故乡的那份乡愁乡思会马不停蹄地出现在自己的文字中，生茂兄的文字也常常成为他联系亲朋与故土的一根血管。

了三个底层小人物：天福、三贵、六两，他们有着同样的人生轨迹，是靠假酒、假油、假鸭先发迹后沉落的害人害己的典型代表。本该洁白如雪的社会，正是有了这批坑、害、骗的“害群之马”，才让“黑的雪”张牙舞爪地纷乱飞舞……

以往一提到“寡妇”，总会让人联想到风流、勾引、出轨、委曲求全……，但作家生茂却用他的妙笔为大家呈现了一位与众不同而且颇具江湖女侠风采的“寡妇”青莲形象，救济失去母亲的女孩春草、砍杀村霸八斤，以致使自己锒铛入狱……青莲所展现的完全是美丽、善良、正义的化身。如此一位快意恩仇、满身正能量的“寡妇”，谁能不爱？当然《寡妇》这篇小说也在一定程度上再次让农村留守妇女和儿童的人身安全等一系列问题进入读者视线。

而《蝙蝠》这篇小说，全文围绕朱富贵及儿子柱与红莲及女儿草之间所发生的或龌龊或悲凉的是是非非的故事，促使阅读者会随着小说情节的推移，产生时而不屑，时而悲愤，时而同情，时而沉重的各种情绪相互交错，让人在阅读过程中压抑得几近窒息。一篇小说如果能左右读者的情绪变化，这恰恰是小说的成功体现，也是作者高超写作技巧的展现。

生茂兄的《寡妇》一书除了上面提到的三篇短篇小说外，还有其余八篇，像写妓女青兰的《夜深沉》、写推销员家贵的《保险推销员》、写农民工余善的《谁摘走我的肾》……，可以说，作者都是在用一种干净且透明的笔调刻画出一个又一个栩栩如生的底层小人物。他也用自己的笔说出了许多生活或生命中疼痛的触角，颇具社会现实意义，引人深思。

当然透过《寡妇》这本书，我们还会发现作者——这位从乡村小子成长为北京大都市某媒体副总编的作家，他身上那种原汁原味的泥土味却始终存在，远在赣东北故乡的农村依然是他永远的根，“枫港乡”这三个有着他家乡标记的文字多次在他小说中出现。他自己也在小说后记中说：“我喜欢把人物及场景安放在我熟悉的乡村。”是的，每一位作家都有故乡，身处异乡的作家，其对故乡的那份乡愁乡思会马不停蹄地出现在自己的文字中，生茂兄的文字也常常成为他联系亲朋与故土的一根血管。

最后，我想说一句：彭生茂的《寡妇》写得光芒四射，很迷人，值得大家零距离去“拥抱”！

预祝生茂兄在文学创作上取得更大的成就！

第三辑

景物篇

或许写作需要绝对的安静，当窗外的弦乐和游船的喧哗扑面而来，我的思绪几乎被冲散得七零八落，无从拾起。凭栏眺望，远处依然是来时的景，目光所及，眼前似乎多了些灵巧的女子，她们摆动婀娜的身姿，或嬉闹，或穿戴苗族服饰留影，嘴里自然要发出银铃般的欢笑来。

画面如此清新，如此隽永绵长，这里的一草一木都曾留有我们的青春与记忆。此刻，当我穿越过写着"浩气长存"四个金色大字的长亭，迎面矗立的革命烈士纪念碑以其犀利的阵势映入眼帘，掀起我内心隐秘的部分。

没有什么比一茬庄稼更接近于真理。在途经山顶的坡道上，我看见八月的稻穗在原野上茁壮成长，它有着诗歌的倔强和深邃，泛黄的背影隐藏着人间的苦难。

凤凰游记

“翠翠今年十五岁，她同时喜欢天保和傩送……”当代文学大师沈从文在小说《边城》所描写的苗族水乡多年来一直在我的心头缠绕，迫使我急切要探寻究竟，了却内心夙愿。

从南昌经长沙，再辗转怀化，之后下高铁坐一个小时的旅游客车，果真就见到了盛夏的凤凰城，奔流的沱江和沿江的吊脚楼尽收眼底，还原了大师作品中那些缠绵悱恻的场景。最显眼的是江上的水车，它上下翻飞，空气中传来哗哗的水声，画面唯美且引人入胜。只是水车已经不再碾米和灌溉农作物，而是作为沿途景致的一部分招徕游客，大概游客都有依水而居的习惯吧。

我起先并没有在水边住下来，而是坐车来到凤凰古城，想寻找一个更好的去处。然而当我下车拖着行李淹没在人头攒动的街巷，满目尽是市井的浮躁与喧嚣，突然发觉还是水边能安抚我这颗飘落的灵魂。于是我重新折回原地，选择在“风桥”的一座客栈栖息下来。

客栈唤作“汇宾楼”，是一座临江的四层建筑，木质楼体上层覆盖着飞檐青瓦，别有一番趣味。推开房门，但见凉风呼啸，好不惬意。对面的青山和木楼像夏天的水彩画样映入眼帘，洋洋洒洒，极尽铺张。一曲箫乐从风桥的回廊款款走来，声声委婉，如泣如诉。恰好有“凤凰于此”四个红色大字刻于对岸巨石，似乎想要旁证历史的某个瞬间，让人不胜唏嘘。

风桥凌驾于沱江，两岸分别为沙湾、迴龙阁大街。“汇宾楼”客栈正好坐落在迴龙阁街的南侧，那是一条铺满灰色条石的狭长街道，两旁琳琅满目的商铺和小吃店记录了这座水城的散漫与恬淡。她的文化气质如此深藏不露，须深陷其中方能领略她的内涵和特质：卖花的，打姜糖的，以及现代酒吧的哼哼声，每个过程都吸引人驻足。

当晚应客栈老板娘的推荐，我去往凤凰古城看了根据沈从文小说《边城》改编的音乐剧。气势磅礴的舞台造型在音乐和剧情的推演下再现了一代大师的情感历程和文学魅力，让人久久沉湎于那场缠绵的情爱和纷繁的布景中不可自拔，感叹一部小说如此经久不衰，是何等气魄和令人钦羡！是的，那个十五岁的女孩翠翠，她拽动渡船的绳索行走在波光潋滟的水面，将百年湘西的光阴和灵魂镂刻在文学的庙宇与记忆里，为后人留下了丰富的想象及情感寄托。她像苍天一样旷远，又像日月一样不朽。

此次凤凰之行，我携带了中篇小说《重金求子》的写作计划前来。期待这个宁静且诗意的小城赋予我某种创作激情或灵感。在客栈的第三层阁楼，我支了张小桌，尝试着在每日的上午和午后打开电脑，进入有别于沈先生的创作氛围。是的，我熟稔《边城》的酉水河，那片20世纪30年代的湘西水域浸染了一代大师的文学情怀和故国的忧思——而我也力图从信江的灵魂里找寻生命的意义和人类关切，那些平凡且卑微的灵魂，他们像鱼一样沉落于生活的漩涡，并力求找到适合自身的生存环境和处世法则。

或许写作需要绝对的安静，当窗外的弦乐和游船的喧哗扑面而来，我的思绪几乎被冲散得七零八落，无从拾起。凭栏眺望，远处依然是来时的景，目光所及，眼前似乎多了些灵巧的女子，她们摆动婀娜的身姿，或嬉闹，或穿戴苗族服饰留影，嘴里自然要发出银铃般的欢笑来。乐依然是箫乐，吹箫的男子据说来自邻近的吉首乡下，每日以吹箫为生，兼具卖箫，每月花三百五十元在沙湾租了房子，从清晨到深夜，就这样伴着流水和音乐度日。正是黄昏时刻，我忍不住要走上风桥。一抹霞光沿着悠长的江水反射到沿岸的木楼上，继而又映射到我的脸上身上，让我兴奋并忘乎所以。

风桥上人头攒动，除吹箫者外，不远还有个拉二胡的盲人。念及他是盲人，我往他的钱罐里扔下五元钱，虽然他的曲子并没有吹箫人听起来那么美妙。盲人姓滕，三十出头，每晚都回家住。他来自郊外，与吹箫的吴姓艺人熟络。我所不习惯的是，二胡与箫声同时响起的时候，多少会破坏其中的美感，显得唐突而混乱。我把想法说与盲人听，他说他不是常来，况且一个在桥头，一个在桥尾，应该互不影响。“你要听哪首曲子？”盲人昂起头问我。霞光照彻他的双眼。那里隐藏着一个艺人的辛酸和迷茫。

“你随便拉个曲子就好了。”我说。

“要不你来拉会儿？”他的脸膛释放着善意。

“我不会二胡。”我顿时局促起来。

往后几日，滕姓艺人果真没有来，问吹箫人，他说他回乡下娶亲去了。这让我突然多了一份茫然。

期间我结识了一个长沙的80后女子曾蓓蓓。她手执自拍杆，一路行走，一路自拍，整个人生得委婉而风雅，好不惬意的样子。她说她不想让琐碎困住，每年都要出门走走。我与她在虹桥的一个酒吧喝着啤酒，听歌者怀抱吉他模仿崔健喊着《快让我在这雪地撒点野》，他的甩动的长发像芦苇般蓬勃着诗意的夜晚，在我和曾蓓蓓面前极尽挑逗与诱惑。

“明天我们一起去苗族乡下吧？”

“明天我该走啦！”

“去哪里？”我吃惊地问。

“当然是回长沙咯。”她莞尔一笑，“我的闺蜜还在旅馆里。”

是的，这或许一开始就是设定好了的结局。所有的艳遇都有其特定的情境和路径。而你仅仅是个倾听者而已。

接下来我拜访了沈从文的旧居。在凤凰古城中营街的一座四合院内，先生的遗墨和书籍像火焰般照亮我的心胸，以及他仙风道骨般的肖像，炯炯有神，似乎看穿尘世。我徜徉其间，内心顿时释然。

登东山岭

我多次与东山岭擦肩而过。

这个八月的正午，我尝试着登临山顶，领略故园带给我的曼妙记忆。在环山路台阶前，我将手机递给一个怀抱小孩的妇女，请她给我留个影儿。她旁边还支了个小货摊，兜售些玩具和吃食。她应该就是附近的居民。老乡乐意给我帮忙，她一手抱着孩子，一手拿着手机，身子时而倾斜时而笔直，不停地寻找角度。她前后给我照了四五张照片。我看她那么劳累，连忙说好了好了就到这里。拿过手机浏览照片，几乎没有一张令我满意，我的近照或远眺的姿势要么被她拍歪了，要么就是角度不好，面目模糊粗糙。正午的阳光像火样从头顶泼洒下来，晒得人几乎睁不开眼，我的短衫一会儿就像水浇了一样。

告别老乡，一路拾级而上，我在中途一爿瓦房前停了下来。这爿记忆中的房舍，掩饰在身侧的绿荫怀抱之中，院子裸露着泥土，靠近台阶的一角结有瓜藤，青翠欲滴，其周围围了网布及栅栏，似乎是防止牲畜的侵扰。偌大的院落一只无所事事的母鸡悠闲地觅着食，双爪轮番抓挠地面，像个倔强而执着的农妇。它身后的老屋暗黑而陈旧，折射出岁月的沧桑和智慧的光芒。

没有记错的话，二十多年前的那个女摄影师应该就住在这幢瓦房里。1990 年秋天，我和姐姐站在这趟台阶上完成了一张后来常被人提及的合影，这张照片刊载在我的第一本散文集《姐姐》的扉页，是年正读高三，正是那位手提相机的女摄影师在台阶上不停地摆弄着我和姐姐的站姿，继而留下了一份弥足珍贵的记忆。“在十月 / 我和姐姐各站成一尊雕像 / 凝视着远方 / 有太阳升起的地方”，这段配备在照片下方的文字，多年来像灯盏一样照耀着我前进的方向。

而更多的时候，我则是和高三五班的同学来这里找摄影师照毕业合影。常见的情形是，摄影师背着相机从瓦屋走出来，在树丛或者台阶上为我们选取背景，继而按下快门。

“我们的照片什么时候能拿到？”

“个把礼拜吧。”她爽朗地作答。阳光在她的肩上跳跃，一个历史的回声像清泉般发出悦耳的喧响。

画面如此清新，如此隽永绵长，这里的一草一木都曾留有我们的青春与记忆。此刻，当我穿越书写着“浩气长存”四个金色大字的长亭，迎面矗立的革命烈士纪念碑以其犀利的阵势映入眼帘，掀起我内心隐秘的部分。是的，之前更多的时候都是在这个肃穆的地方度过的，这里仿佛有个磁场，深深吸引着我们驻足。

“成千成万的先烈，为着人民的利益，在我们的前头英勇地牺牲了。让我们高举起他们的旗帜，踏着他们的血迹前进吧！”

主席大气磅礴的文字像利剑般穿越时空，在秋日炎热的正午发出巨响。

前方是一泓澄清的湖水。琵琶湖像处子般安静如磐，在烈日下泛着波光。是的，故乡余干也曾成为革命的战场，英勇的家乡人民辗转水路与山脉，同日寇和白匪展开了一系列血雨腥风的战斗，他们不惜流血牺牲，为了这片土地的安宁与繁荣。本人老家枫港乡新屋彭家村也因当年怒杀五个日本兵而名留青史，并被记载在《余干县志》上。今天，革命的后代们在这片英雄的土地上创造新的奇迹，昌万公路、马背嘴大桥、龙津大桥、大溪渡大桥相继建成，四通八达的交通网络将各个村镇联系在一起，加速了老区人民的致富步伐。是的，昔日骑自行车上学的情景历历在目，捆绑在后座架上的大米一路遗漏，等来到渡船上才发现损失了大半。那些清贫且奔波的日子又何尝不令人开心，即使吃着咸菜、穿着破旧的衣裳，心里也觉得温暖和惬意。年少的天空永远酝酿着风暴，总在不经意的时候骤然爆发。

满目苍翠，那些古樟与松柏渲染的意境让东山岭的文化气息愈加浓烈。在羊角峰南侧，始建于南宋淳熙年间的东山书院像一道历史的痕迹清晰醒目，彰显着昔日文化的强盛和繁荣。由余干籍右丞相赵汝愚和他的从弟赵汝靓创建的东山书院，自南宋以来名噪一时，吸引了朱熹等理学大家前来讲学，并培养出一批闻名全国的理学家。它的学术价值和历史地位几乎与白鹿书院、岳麓书院和应天府书院分庭抗礼。古老的余干不仅在当时有着“文化甲江南”之称，更为当今老区人民留下了一处永久的人文景观。

在东山岭的西峰有一眼终年不绝的池水，当年朱熹等常来此地洗笔研墨，故得“墨池”雅称。今《墨池》文学季刊在主编卢新民的操持下有声有色，成为余干文学爱好者们展示才华的舞台。我也经常收到卢主编的稿约，一首诗或一篇小说，写不尽故乡的山水诉不完家国的情怀。

沿原路返下山来，天气仍然异常燥热。我去往河街，树荫处的桌面“厮杀”正酣，扑克、麻将、棋类各显神通，组成了一幅南方消暑的市井图。八月全然不见秋意，朗朗日光从琵琶湖反射到街面，映照着这个慵懒而惬意的群落，让人似乎又回到过去。那些令人留恋的旧时光也曾这样散漫而舒适，街道走着黄包车，街角掀起炒米粉和炒螺蛳的吆喝声，街灯在沿途像一只只鬼的眼释放着昏黄的光影，这些温暖的场景何尝不是记忆深处最值得珍藏的景象！

眼下这座南方小城正在进行一场声势浩大的棚户区改造，连我脚下的河街，据说也纳入了拆违建绿的年度计划。一个崭新的城市将从建设者手中焕发出生机。是的，唯有东山岭岿然不动，它的惯有的姿势依然那么浑厚，保持着往日的模样，像巨人一样洞察一切，并祖护着一切。那是跳跃在大地胸膛上的一颗心脏，是游子情感中的不灭的灵魂。

寻访赵汝愚

我担心这天会落雨。还好它没落。我们在枫港中学的活动进行得很顺利，中午就餐还跟老师划了拳，气氛营造得很好。

这是一个献爱心活动，上海余干商会常务副会长程明根和广东余干商会副会长程善道分别向母校枫港中学捐赠四万元和一万元现金购买学生校服并发放贫困生助学金，我则向学校捐赠了两百余册新出版的个人专著。整个校园都沉浸在喜庆之中，为我们这些游子的归来。活动之余我们参观了校园，看到了二十多年前的杉树还在校园的一角生长繁茂，心里颇感安慰。只是教室前面的那挂铃铛不见了，树也砍了，校长余鲜辉说为了做操场跑道，因地方小，就把树砍了，这些树都卖给了附近村庄的人。最后我们随余校长参观了学生宿舍和食堂。宿舍不再是过去的大通铺、一个班几十号人挤在一间大寝室，而是每七八个人一间的小寝室，里面有卫生间和水房，非常便捷。食堂也已还原了“食堂”的意义，学生和老师都在同一个地方吃饭，学生也可以买菜，条件改善了好多。过去我们读书那会儿，每顿饭都是由值日生将装了饭的木桶抬回教室分饭吃，各自的碗里除了咸菜还是咸菜，很多人的嘴里都吃起了泡，因为路远，同学大都不能回家带新鲜菜。看看今天中午学生吃的是海带和萝卜烧肉，这些菜肴过去只有老师能吃到。

事实上今天我还计划了另一件事，就是在活动完了之后去往学校以北的樟木桥赵家瞻仰南宋名相赵汝愚墓。这位早先创立了余干东山书院、网罗天下圣贤，后中得状元官至丞相的余干先贤，其一生坎坷，并最终遭奸臣陷害，抑郁而终。老家余干作协副主席卢新民对赵汝愚颇有研究，多次著书立说，追述生平，此次我特意请他一同前来枫港乡，不料临行去探望赵汝愚墓时，他突感身体不适，搭乘另一台车回了县城。恰好赵汝愚墓离爱心企业家程善道的村子不远，他见此情况，乐意结伴同行，并自告奋勇当向导。一旁的活动主持人蔡美芳和余干电视台记者王师娥也申请要去，这样加上司机总共五人便朝着赵家村进发了。路上大家都夸蔡美芳上午的活动主持得好，她在现场的即兴赋诗也成为大家谈论的热点。她的诗是这样写的：“爱心浓浓秋风至，满怀恩情听乡音；枫叶片片传思念，港湾深深永眷恋。”每句开头一个字连起来正好是“爱满枫港”，不愧是才女。蔡美芳在县委对台办工作，同时又是余干县和上饶市的政协委员。车开进程善道的村子山里程家时，蔡美芳不忘职责，下车同程善道协调了一起村民信访，一个头发花白的老人站在村道上向一群同村人诉苦，说这次大队统计困难户竟然没有他家。

“我的两个崽都没娶老婆，三十多岁还在外面打工，崽的娘发了十八年的神经病！”老人向程善道和蔡美芳诉说他家的苦难遭遇，“可这次集体登记困难户竟然没有我家。我一定上省里告他们，捉去了就捉去了，我做一条老命拼！”

“你家盖了几层楼？”蔡美芳问道。她在桥那边的龙津村的扶贫对象似乎没有这种情况。她乐意倾听民意。

“就是两层，好几年都没有装修。没钱装修！”程姓老人的脸涨得通红。他认为他遇到公家的人了。

“你上省里告状没有用，”程善道努力劝阻老人，“我会给乡长说，把你的名字加上去，该有的补贴一定会有，相信我。”程善道的嘴角叼着烟，间或像变魔术似的喷出一口，像个巧于和事儿的木匠。他把香烟散给了在场的所有男人。看得出村民都希望程善道回来，去年他协调上百万资金帮村里修了一条出村的水泥路。他业已成为村庄的主心骨。

“那就听你的吧。”老人也吃起了善道的烟卷，他的瘦削的肩胛在日光下不规则地耸动着，传递给倾听者的信息显得模棱两可。

由于晚上我还要坐车赶回北京，时间紧迫，所以与村民的交流只能告一段落。临走前我们凑了些钱交到告状的老人手里，驱车朝赵家村去了。在路边的一户人家门口善道示意司机停车，他下车跟迎出来的女支书落实了告状老人的困难申报的事。恰好旁边有个叫赵国强的村民愿意给我们带路，便又作别支书，朝赵汝愚墓进发了。没多久来到一座叫雕峰岭的山坡前，这里寂静无声，阴郁的云层将天空压得很低，似乎山雨欲来。眼前的雕峰岭说不上是一座山，林木倒是葱郁，但缺乏纵深，有一眼能望到头的感觉。周围的枯草渲染了一种苍凉。把这里描绘成一座坟茔倒是合适，它的形状和位置就像平常考古发掘的现场，只是尚未挖掘的现场。四周一片肃穆。见向导赵国强在路旁支了电动车，等我们逐一下车，遂引领我们朝山岭深处走去。

拐过一片丛林，我们看到一块石碑。其时石碑已残破不堪，隐约看到上面雕刻有："余干县文物保护单位，右丞相赵汝愚墓，余干县人民政府一九八四年十一月……枫港乡"等字样。孤零零的一块四方碑，周遭簇拥着青松和荆棘等杂木，一二声鸟鸣隐藏在树林深处。据说之前这里也有动物石像守护左右，然在各个年代皆遭破坏和损毁，历史的物证荡然无存。在现场我们看到，石碑下方还留有祭奠的痕迹，鞭炮及草纸的灰烬散落一地，显得凄清而孤独。我们分别在碑旁照了相，还照了合影，表情都很轻松，仿佛历史所发生的一切都与我们无关，那些朝廷的谄媚、争斗与迫害，天子的昏庸和朝臣的怯懦，以及壮志未酬的雄心，统统是古时候的事儿，大家似乎更关注其中的野史和一些衍生在村庄之间的听闻。其中，巧舌如簧的程善道就讲述了因赵汝愚而起的"盐"和"糖"的故事，说原本雕峰岭只有赵、方两村，由于盐、糖之争引起的一场杀戮，明哲保身的中间派后来统一划归孔姓。至此，围绕雕峰岭居住的就有赵、方、孔三村。放目望去，三个村庄毗邻而居，只是现在他们早已和睦相处。

据了解，湖南长沙市的妙高峰也曾建有赵汝愚墓，该墓葬坐南朝北，南依妙高峰，北砌高约 4 米的石基，面积达 500 平方米。但无从考证此处是衣冠冢还是确有遗骨。据清代陈运溶在《湘城仿古录》依《宋史·罗必元传》考证，“汝愚墓在余干县”。因此长沙妙高峰的墓葬疑为衣冠冢。此地还曾建有祭祀福王赵汝愚的青山祠，如今祠已不存，留下“青山祠”街名。

赵汝愚为宋太宗赵光义的八世孙，年少勤学，曾发出“大丈夫留得汗青一幅纸，始不负此生”的豪言。他在老家余干创建东山书院，吸纳朱熹等全国理学名士前来讲学，一度使余干成为当时的理学名区，声名远播。后来及第官至宰相，却遭朝廷权臣韩侂胄制造“庆元党禁”陷害罢官，贬为宁远军节度副使，最终积郁成疾，一个悲壮人生从此落幕。赵汝愚一生著作颇丰，诗歌辞赋名扬朝野。在《柳梢青·西湖》等诗篇中我们可窥见这位南宋重臣在文学中的造诣与贡献——

水月光中，烟霞影里，涌出楼台。空外笙箫，云间笑语，人在蓬莱。

天香暗逐风回。正十里，荷花盛开。买个扁舟，山南游遍，山北归来。

这首《柳梢青·西湖》何等逍遥和浪漫，大概只有心怀家国的人才能如此直抒胸臆和酣畅淋漓地表述内心的愿景及向往。也就在昨天，9 月 28 日，余干第二中学举行了赵汝愚雕像落成揭幕仪式，师生代表 200 余人身穿汉服，在古曲《渔舟唱晚》的伴奏下齐声诵读《赵汝愚诗词选》，以表达对先贤的怀念景仰之情。

“赵汝愚现象”近年显然有回暖之势。属地枫港乡也有意掀起一股“赵汝愚热”，依托历史人物打造并挖掘当地的文化及旅游资源，进而提升文化品位及全乡知名度。新调来的枫港乡党委书记朱学赛为此摩拳擦掌，正努力寻找其中的文化定位和切入点，相信在他任内一定会有效利用赵汝愚这块资源。毗邻的李梅岭林场，因传说中吴芮和吴丹的故事而声名远扬。

返程的路上下起了细雨，我提示司机把车停靠在汽车站即可，我将由此坐车去南昌，晚上返京。坐汽车往返县城和省城是我一贯的选择，虽然每回都有朋友要开车接送，但一般会被我婉言谢绝。而此次程善道等人要到他的余干分公司开会，我更不便让他送了。我下车同各位告别的时候，眼前唯独没有看见蔡美芳，少顷，见她从一辆即将开往南昌的大巴上探出头来，招呼我过去。

“车票我给你买好了！”双脚踏入车门，蔡美芳扔给我这么一句。我无言以对，同她摇摇手，在靠窗的一个座位上坐下了。

而此刻，我的脑海依然浮现寻访赵汝愚的那一幕，内心不觉有些怅然。

李梅岭，李梅岭

我向往李梅岭很久。

印象中那是一幅天堂般的画卷，四周环围着山脉，中间的盆地种植油菜，一俟春风送暖，油菜花像锦缎般遍布原野，映照着蓝天和村落，给人以气势磅礴的美感和视觉张力。

事实上我已错过了油菜的花期。此刻，正接近秋意，农历八月的场景像河流般贯穿我的思绪和情感，带给我有别于春天的浩阔景象。我一路向东，从一个叫“社庚”的镇子穿行而过，继而进入绿荫密布的林场，见到的正是这种河流般的浩阔和博大，它腾起的绿色的巨浪直入云霄，像一片大海澎湃着尖锐的涛声。

我确定那是一场音乐的盛宴，我的耳畔充盈鸟鸣和自然之音。在竹林上，在板栗树上，在灌木丛中，美妙的音乐凝结着、绽放着，所有的姿态都那么完美并赏心悦目，令人应接不暇。

那是一种怎样的高度，海拔 394 米，余干第一高峰，她浸染着历史的烽烟和岁月的余韵，急疾的马蹄刚刚掠过我听见我的身体像剑鞘般发出空洞的回声，一场战争已息于一个转身；以及那些游离于战争之外的信仰，它吸三山五岳之精华，以其厚重、质朴的情感，将人间的炊烟和月亮洗濯，继而点燃灵魂深处的灯盏。

一片秦汉的柏木，一支马队在旌旗的引领下突出重围，最后以一轫绝壁的姿态昭示天下，站成史诗般的永恒。为首的应该是一个叫吴芮的乡贤，他经李梅，过信江，继而饮马洞庭，成为秦末的一厥绝唱。他的长沙王的桂冠像李梅岭一样巍峨耸立，闪烁着智慧之光，经年照耀着灾难且富庶的赣东北大地。是的，那些过往的人和事如今都被刻成李梅岭的道路和石头，它的陈年的经络都是一个事件的引子，清晰而逼真地还原了沧桑世事和历史的根源。我一路攀登，周遭的物体发出沙沙的喧响，那是先辈的亡灵在八月的絮叨与抗争，他们在向一个历史的后来者诉说一段沉重的遭遇。

攀登途中我遇见一个叫吴丹的人。他来自魏晋，他的宽松的道袍藏匿李梅的诸多秘密。他的仙风道骨般的颜面书写着河流的走向和炊烟的往事，他看上去比一棵树更为坚韧。此刻，这位得道之人正率众趋于李梅岭南，其身下的蒲团轻盈而迅疾，继而放飞于一朵绚丽的祥云。是的，我确定那是一朵祥云，它承载着道场和人间的哲理，以化仙的方式绝尘于人世，时间定格在晋义熙四年八月十五日。是年吴丹一百七十岁。

我发现我陷入一场历史的重围。我听见我的身体像剑鞘般发出空洞的回声，一场战争止息于一个转身；以及那些游离于战争之外的信仰，它吸三山五岳之精华，以其厚重、质朴的情感，将人间的炊烟和月亮洗濯，继而点燃灵魂深处的灯盏。

没有什么比一垄庄稼更接近于真理。在途经山顶的坡道上，我看见八月的稻穗在原野上茁壮成长，它有着诗歌的倔强和哲学的深邃，泛黄的背影隐藏着人间的苦难。这应该是秋天最为鲜活的事物，我听见镰刀在井台之上歌唱，它的凌空挥舞的动作意义深远，一度模糊我的视线。是的，我的眼前总要浮现劳动中的母亲的影子，她怀抱稻穗的过程多像一个朴素的女皇，她的扬起的眉梢充满对自然的敬畏和感恩，充满对粮食的向往及爱戴。李梅岭，她让我看到劳动的价值和道德的前景，看到一个精神朝觐者的义无反顾的执着之心。在田园之上，这是一趟多么动人的朝圣之旅，一切执念都显得那样平和与纯净。

沿大地的指纹一路向上，经罗汉崖，过十八弯，驻足清溪观，再辗转白云峰寺，体验高处不胜寒的旷远和深邃，现实中的家园越来越远，而天堂似乎越来越近。那些浸染了历史硝烟的草木都曾一度在我的梦中出现过，它们或为射向心脏的一支箭镞，或为拯救灵魂的一道诵经，它们都曾是历史的具象和过往，内心铭刻着血与泪的记忆。而“李梅山前深谷西，上有高阁浮云齐”等游历者的绝句，也应化成眼前一株株深沉的翠竹或松木，周遭闪烁着岁月的光华与荣耀。

是的，八月的山麓何其深邃，何其招摇和放纵，在历史与现实之间，我分明听到一种来自泥土深层的喧响，它由河流、船舶、轨道和车轮相混合所迸发的巨响，裹挟着人类与生俱来的勇气和壮举，在世纪之巅成为绝响。是的，我途经的昌万公路、206 国道、景鹰高速公路，以及我企盼的昌景黄高速铁路，这一刻都在我的眼前延展开来，携带着现代文明的号角，并将我身下的土地唤醒。此刻，我感觉我眼前这座省级森林公园正试图走出历史的混沌，在苍茫之中握住一束文明的火焰，照亮前进的道路。

一挂古钟在庙前的微风中发出铮铮喧响，我上前抱了它，铮铮之声顿时销遁。这多像与先辈的一次亲密接触。凝神之际，我忽然听到云端之上有个声音骤然掀起，恰如一场迫在眉睫的出征！

在圆明园被一束火焰灼痛

这个秋天，我体验了一束火焰带给我的灼痛。它自一棵瘦削的海棠树开始，自鉴碧亭湖的危桥与残荷，自西洋楼的断壁以及1860年深夜的呼喊和绝望的眼神。我从未体验过如此深刻的痛，这团帝国的火，比皮鞭更冷峻，比铁更犀利，它在瞬间咬住了我的骨头和灵魂，令我犹如困兽般陷入迷茫与震撼。

是的，这是多美的秋天，鸡冠花和鼠尾草编织的大地色彩斑斓，喷泉映衬着斜阳，远处的楼阁和泛黄的白蜡树浸染在诗意的霞光里，呈现出气势磅礴的人间景象。真理在学生们的画笔下流淌，来自北京林业大学园林系的娇子们将夕阳、湖泊以及未来憧憬融入笔端，还原了他们内心的美学和历史瞬间。他们已然不知战争的滋味，画板上的秋天宁静而含蓄，彰显人类美德和大地之爱。

我踽踽独行。在一座斑驳的石桥上，我看见一个叫叶赫那拉的妙龄女子，此刻她尚未封为懿贵妃，也不叫慈禧太后，她的焦虑而忧郁的眼神是如此令人生怜，手持团扇的样子像极了幽怨的桃花。她正对着潺潺流水抒发落寞的心思，林荫中传出她空灵而曼妙的歌吟：

艳阳天，艳阳天，湖光山色入画帘；春满圆明园，双鹤交颈眠，女儿泪涟，奴今十八正华年，天地一家春，谁与奴做伴。

她的清丽婉转的歌喉最终博得游园的一个男子的欢心，这个叫爱新觉罗·奕詝的二十岁青年在春光中附和了那拉氏的唱腔，继而将她拥入宫中，并晋封她为懿贵妃。是的，正是这个权倾朝野的咸丰帝的暧昧动作，使得随后近五十年的大清江山支离破碎，举国哀鸿遍野。尘影中，我看见一个叫洪秀全的义士振臂高呼，身后万千兵勇攻汉阳，掠南京，继而挥师中原，一度令大清王朝岌岌可危。这场被称作太平天国运动的起义虽在“天京事变”以及随后借助外国势力干预的镇压中遭到削弱，但已然冲击了清廷昏庸的官僚体制及其贪婪本性。然而，看似平静的国土之上却酝酿着更大的风暴，撕下伪装的英、法、美、俄列强以坚船利炮打开了中国的国门，逼迫清政府签订丧权辱国的一系列条约，割地赔款成为世界近代史上的一桩奇耻大辱和鲜明标志。

清朝，一个何其昏庸和奢靡的乌合之众，闭关锁国和孤芳自赏成为他们的代名词。他们以镇压内乱和“以夷治夷”处理内政外交，终将自身推入万劫不复。中国人发明的火药却在中国的土地上大行其道，手持火枪的外国列强所到之处生灵涂炭。弓弩与长矛挡不住帝国的铁蹄和野心，眼见他们攻城略地，以摧枯拉朽之势横扫大清疆土。然而即便是紧要关头，趾高气扬的咸丰帝依然携带家眷和仆从逃往百里之遥的热河行宫避难并逍遥，京西三山五园被列强焚烧殆尽。而为了保全性命和江山社稷，留守京都的恭亲王奕訢屈膝求和，与列强相继签订《中英北京条约》和《中法北京条约》，大肆奉送银两和国家尊严。与沙俄签订的《中俄北京条约》则直接将乌苏里江以东近四十万平方公里的国土拱手相让，留下的隐痛与阴影至今挥之不去。

是的，我尚未亲睹的宫殿楼阁、亭台碑碣和桥廊水榭，一夜之间都让强盗们肆意点燃，这片始建于康熙二十八年，历经雍正、乾隆、嘉庆、道光和咸丰等六代整整151年的“万园之园”被付之一炬，满园仅存废墟。而上至先秦的青铜礼器，下至唐、宋、元、明、清历代的名人书画和各种奇珍异宝也被洗劫一空。三天三夜的大火足以摧毁清王朝的意志，也足以磨砺并锻造同仇敌忾的民族精神与气节！让我们记住1860年10月18日的大火，记住英国勋爵额尔金和他的残暴帝国，历史终有一天会清算到他们头上。

此刻呈现在我眼前的是一派何等的萧瑟，在西洋楼遗址前，坍塌的民族意志像惊叹号一样直入云天，吸引游人驻足。是的，我的手掌之下是一块多么粗粝而忧伤的汉白玉石头，它的前世雍容华贵，而今却躺在杂乱的草丛遥想过往。它的眼帘是游人踯躅的侧影和秋日散漫的余晖，它似乎嗅到空气中蔓延了一个多世纪的苦痛与哀叹。是的，圆明园，这块民族之魂，此刻所有的残垣断壁都竖起了耳朵，它们在随之而来的夜幕中分辨战争与和平的信息，内心充满了警惕。

在一片火光之中，一个叫文丰的总管园务大臣纵身跃入福海，身后留下无尽的劫难。而我，一个历史的后来者，正被这场傲慢的帝国之火灼痛了灵魂。

后　记

写作的意义

当前有些人，进行的是一种无目的写作，他只要写了篇小文就要在微信朋友圈贴出来，或者交给某个熟悉的微信公众号刊发出来，进而博得一些人的点赞，他本人自然也落入这种氛围，显得沾沾自喜。

这些人有的是作家，有的不是作家。前者的界定是他加入了市级或省级作家协会，后者则纯粹是文学爱好者，偶尔提笔写作是他们的习惯。但这种有一搭无一搭的消遣不说是浪费时间，起码也是无意义的，因为实在看不到有价值的东西。这种写作要么脱离实际，要么只写些皮毛，辞藻也不见得华丽，读起来索然无味。

写作的意义是什么，或者说我们为什么写作？这个问题抛给作家似乎更契合主题。当前一些作家不写作，或者根本不会写作，只图虚名与头衔者大有人在。前段时间听一位朋友说，当前加入省作家协会只需给审批的人送几条好烟就可以了，一辈子没发表过几篇像样的文章的人最后竟然成了“作家”，这种丑闻并不是发生一起，而是普遍现象。听得我当时愕然。

我当年是在大学的时候加入吉林省作家协会的，后来毕业分配到北京工作，会员关系自然转入北京作家协会。要说大学生加入作协相对轻松些，但也是经过推荐和把关的。我的推荐人是吉林大学名誉校长、著名诗人公木先生，他当时在推荐信上写道：“作为新生力量，可以助长！”回想起来，我要感谢公木先生对晚辈的培养和扶掖。虽说有公木先生的介绍，但个人也要有拿得出的东西。当时我不但公开出版了一本散文集，还有若干公开发表的短篇小说和散文。加入作协的先决条件算是有了。一晃二十年过去了，我在文学的道路上依然踽踽独行。虽然曾有过打退堂鼓或懈怠的时候，但最终并未放弃心中的理想信念。

实事求是地说，我也一度有过“为什么写作”的疑虑，因为在经济大行其道的当下，文学的边缘化愈加突出，连教师都没几个人瞧得起，“拿笔杆子”的作家更是社会的边缘人物。投稿要求人，出书又没有出版社甘愿为你出，自费出版又没有钱，即使出版了，接下来的销售还是个大问题，所以这个作家当得没什么意思，可以说作家是个在生活中处处碰壁且不惹人喜欢的群落。没用的人才会“爬格子”挣点可怜的稿费。“伤痕文学”的代表人物卢新华在 20 世纪 80 年代也一度放弃文学跑到美国赌场打工，并且靠蹬三轮糊口。24 岁即凭借短篇小说《伤痕》在中国文坛大红大紫的他，事迹甚至写进大学教材，但他最终并未吃文学这碗饭，这多少让人觉得匪夷所思。然而现实就是这样“现实”，只能说有预见性的人才在社会上吃得开。据说目前卢新华在美国有了自己的公司，文学对他来说已是“昨”日黄花。虽然他也偶尔提笔写些东西，但社会环境早已今非昔比，他全然找不到写作的灵感和趣味。

当前一度有人拿科学家跟演员比贡献和生活待遇。科学家终年伏案工作，又造飞机又造卫星，一年到头挣不到几个钱。而电影（电视）演员只要露一下大腿就有千倍万倍于科学家的收入入账。最明显的例子，当下一线演员 Z 某拍一部电影的片酬是九千万元人民币；90 后演员 L 某的片酬据说已突破了一个亿！他出道才几天？还有天价片酬 L 某和 F 某等人。说社会疯了吗？人家制片商可不这么认为，他们更不是傻子，他们是根据市场风险和收益定的价，一部再烂的片儿只要有个名演员出场就不会亏。X 某一部以香港为题材的电影挣了 12 亿多元，谁能在里面找到半点艺术含量？都是些无厘头的情景设计，广告都吹到天上去了！而当时看 C 某的“某极”，我则半途从电影院出来了。外面的空气比电影院新鲜多了，我一口恶气差点没被憋死。不夸张地说，他后期导演的电影几乎在糟蹋电影艺术，丝毫没有《黄土地》、《孩子王》等片实在并具观赏性，有时候是搬起石头砸自己的脚。中国有几个像贾樟柯这样真正为艺术献身的电影导演？连 Z 某也逐渐被市场腐蚀了。贾樟柯的严肃性就是不做市场和金钱的奴隶，《小武》、《世界》和《三峡好人》等片十分严格地将他与那些追逐名利的导演区分开来，让人发自内心地敬佩。但好人往往得不到应有待遇，贾樟柯的作品只有在国外才有市场，而在国内有时连上映都遥遥无期。这是不是对艺术的一种蔑视？

重新回到我们的话题。在滚滚洪流之下，我们作家的写作到底有什么意义？有人曾把写作的意义归纳为对人类社会发展、人才的培养和个人自我价值的实现这三方面。看似都很美好，但具体实施起来却是困难重重。尤其是最后一条“自我价值的实现”，这需要多大勇气和毅力才能完成对人生价值的认定与坚守。正因为动力不足和思想的懈怠，我们的写作者才会在生活中随波逐流。但是很显然，作家是有精神和责任感的，若放弃了对社会乃至时代的这种责任与担当，作家确如一具行尸走肉，或者说他不配拥有作家这个头衔，而应改行做别的。

作家的责任应该体现在对社会的关爱以及对时代敏锐的洞察上，他的行为更应该像一只鹰，善于捕捉细节，并时刻审视和关注身边所发生的一切。我的大学校友、中国著名纪实文学作家陈廷一给我们在行为上做了很好的示范，今年 69 岁的他至今出版了 108 部纪实文学专著，其中脍炙人口的《天地良心》、《皇天后土》、《四大家族》和《许世友传奇》等长篇著作更是在社会上引起巨大反响，一再出现盗版。三千三百多万字的书稿同时为他赢得“南叶北陈”（南有叶永烈，北有陈廷一）的称号。也正因为他在业界的影响力和本身具有的社会正能量，使他在 2014 年发表于《北京文学》月刊的报告文学《魂殇—河南周口市“平坟风暴”的调查与冷思考》，直接导致时任周口市市长下台。在陈廷一身上我们看到了一个作家的社会担当和家国的忧患意识，他的笔更多充当了投枪的作用，目标是一切有悖于社会人伦与道德的歪风和恶势力。陈廷一本人则被评为“中国十大当代优秀传记文学作家”。

我所进行的思考和实践与陈廷一有些类似。今年我分别完成了短篇小说《黑的雪》、《一个人的失踪》和中篇小说《重金求子》及《黑窑》的写作，目的正是基于对社会的整体梳理和思考。虽然有小说受到利益相关者的恶意中伤和威胁，并试图从法律上控告我。但这显然动摇不了我的意志和决心。对此我只有嗤之以鼻。这些先期刊发在微信公众号上的作品正陆续被一些文学杂志看中，并且已收到择日刊发的通知，听起来令人振奋。从卖假酒、信奉邪教到电信诈骗和黑煤窑的人性之恶，种种乱象是我们所处的社会转型的一个缩影，而这种呈现与反馈正是一度被边缘化的文学在其中所起到的贯穿作用，它像强光一样照亮了夜空，照亮了我们身处的阴暗且诡异的现实。

事实上文学并没有死，它甚至蜕变得更加完美和犀利。当一些人无视它的意义的时候，其内心是多么苍白和脆弱。即使今天我呈现的这本散文小册子，我依然有勇气说我是认真的，我认识到了写作的意义和价值，因为它倾注了我的家国情怀和理想追求！

彭生茂

2016 年 11 月于北京北线阁街